AF194137

Christoph-Maria Liegener

Schneewittchen und die sieben Zwerge

Ein Wissenschaftsroman

Herstellung und Verlag:
BoD – Books on Demand, Norderstedt
Cover-Bild: Rechte beim Autor

ISBN:
9783753425900

Inhalt

Vorwort

Märchen erzählen uns von allgegenwärtigen Wahrheiten. Es geht nicht nur um die Vergangenheit. Vielmehr wird in Gleichnissen die Psychologie hinter unseren täglichen Verhaltensweisen verdeutlicht. Vieles geschieht dauernd um uns herum. Man muss nur genau hinsehen und das Grundschema wiederentdecken.

So ein Geschehen wird in dem vorliegenden Roman aufgerollt. Klar, dass alles frei erfunden ist.

Viele, die in den Wissenschaftsbetrieb gehen, hoffen, dort einen Elfenbeinturm vorzufinden. Dem ist nicht so. Auch Wissenschaft wird von Menschen gemacht, Menschen mit all ihren Stärken und Schwächen. So kann denn auch diese Nacherzählung des Märchens von Schneewittchen und den sieben Zwergen in der Wissenschaft spielen. Das ist nicht böse gemeint, sondern satirisch.

Da in dem Roman transgender Personen die Hauptrollen spielen, möchte ich erwähnen, dass ich die Beschreibung dieser Personen so sorgfältig wie möglich vorgenommen habe. Auch wenn ich selbst über keine einschlägige Erfahrung auf diesem Gebiet verfüge, so habe ich doch umfangreiche Recherchen vorgenommen.

Danken möchte ich vor allem meiner Familie, von der ich nicht nur Unterstützung erhielt, sondern auch die eine oder andere gute Idee.

Christoph-Maria Liegener

Robert und Roberta

„Will nicht raus, will drinnen spielen!", protestierte der fünfjährige Robert laut schreiend. Seine Mutter, die ihn zum Spielen nach draußen hatte schicken wollen, gab auf. Alle Jungs der Nachbarschaft spielten auf dem Platz gegenüber Fußball, nur ihrer war nicht dabei. Er behauptete, Fußball nicht zu mögen. Das beunruhigte die Mutter. Welcher Junge mochte nicht Fußball? Ihr Sohn würde doch nicht etwa zu einem Weichei werden?! Musste sie sich Sorgen machen? Ihr Mann, Roberts Vater, beruhigte sie. Sie müsse sich nicht von Klischees verrückt machen lassen. Auch unsportliche Jungen könnten als Erwachsene ihren Mann stehen.

Robert wirkte überhaupt nicht wie ein typischer fünfjähriger Junge. Er spielt lieber mit Figuren und Puppen, als draußen herumzutoben. Da er ein Junge war, bekam er relativ selten Puppen geschenkt, aber er bastelte sich selber welche. Eine künstlerische Begabung zeichnete sich ab. Auch beim Malen und Zeichnen brachte er kleine Kunstwerke zustande.

Er lernte schon vor der Schule viel, da seine Eltern beide Lehrer waren und ihn früh fördern wollten. Leider arbeiteten sie beide und so blieb Robert als Einzelkind den halben Tag für sich. Die Eltern hatten zwar eine Haushaltshilfe angestellt, die ein Auge auf den Jungen hatte, aber hauptsächlich eben doch mit der Hausarbeit zu tun hatte. Das stellte kein Problem dar; denn Robert konnte sich wunderbar selbst beschäftigen.

Der Junge ertrug die Abwesenheit seiner Eltern geduldig, jammerte nicht bei ihrem Weggehen morgens und vertrieb sich seine Zeit den Tag über mit sich selbst. Umso mehr redete er mit ihnen, wenn sie wieder da waren. Wie ein Wasserfall sprudelte er los und erzählte, was er den Tag über alles mit seinen Puppen erlebt hatte. Die Eltern taten ein Übriges, seine Selbstständigkeit zu fördern und so wuchs Robert zu einem Jugendlichen heran, der ruhig und selbstsicher seinen Weg ging. Nichts konnte ihn so leicht aus der Ruhe bringen.

In der Schule brillierte er in allen Fächern außer Sport. Sprachliches Talent war ihm ebenso in die Wiege gelegt worden wie eine große Begabung für Mathematik und die Naturwissenschaften. Er verstand alles auf Anhieb und konnte die schwierigsten Aufgaben mit Leichtigkeit lösen. Nie hätte er sich einfallen lassen, sich etwas darauf einzubilden. Sein Wissen gab er gerne weiter und half den schwächeren Schülern.

Mit seinem Leben schien er restlos zufrieden zu sein. Da es ihm augenscheinlich gut ging, hatten seine Eltern ihre Pläne aufgegeben, ihn abzuhärten. Es lief doch alles bestens! Einmal hatten sie ihm noch vorgeschlagen, allein zu einem Jugendcamp zu fahren, waren aber bei ihm auf keinerlei Interesse gestoßen. Auch zu den Pfadfindern wollte er nicht. Stattdessen nahm er Klavier- und Ballettunterricht.

In der Pubertät merkte Robert, dass etwas nicht stimmte. Er fühlte sich einfach nicht wie ein Junge, der ein Mann werden wollte. Diese zukünftige Rolle machte ihm Angst. Aber als eine Kämpfernatur versuchte er zunächst, den ihm vorgezeichneten Weg zu gehen. Erste Versuche, mit gleichaltrigen Mädchen zusammenzukommen, scheiterten entweder im Vorfeld oder erwiesen sich zumindest als nicht befriedigend. Er stellte fest: Das war nicht das, worauf er Lust hatte. Nunmehr fühlte er sich verunsichert. Seine Unbeholfenheit in der sexuellen Begegnung könnte auf seiner Unerfahrenheit in der Hinsicht beruhen. Er informierte sich umfassend über Sexualität und übte das Zusammensein mit Mädchen, so gut er konnte. Es funktionierte immer noch nicht. Er knüpfte zwar freundschaftliche Kontakte, aber fühlte sich bei intimen Begegnungen nicht wohl. Das erotische Knistern fehlte. Er las und hörte davon, konnte es aber selbst nicht erleben. Die Unerfahrenheit war es also offenbar nicht, was fehlte. Zum ersten Mal in seinem Leben scheiterte er. Das verstörte ihn. Mehr noch: Er verlor sein Selbstvertrauen und bekam psychische Probleme.

Die Eltern brachten ihn zu einem Psychiater, der ihn lange befragte. Robert selbst forschte vermehrt in sich selbst nach Ursachen. Schließlich stellte er fest, dass er sich in seinem Körper nicht wohlfühlte. Er besprach dieses Gefühl mit seinem Psychiater, der ihm mit Fragen weiterhalf.

Was Robert nach langem Nachdenken herausspürte, war, dass er offenbar im falschen Körper steckte. Obwohl körperlich männlich geboren, fühlte er sich vom Geschlecht her weiblich. In Wirklichkeit dürfte er eine junge transgender Frau sein. Die Eltern diskutierten mit dem Psychiater und mehreren weiteren Ärzten und versuchten, ihm Ratschläge zu geben.

Seine sexuelle Identität zu suchen, stellte eine schwierige Aufgabe für Robert dar. Es ging nicht einfach nur um männlich oder weiblich. Was genau war er? So einfach konnte er die Frage nicht beantworten. Trotzdem hatte er das Gefühl, etwas tun zu müssen. Er wollte sich für eine Identität entscheiden. Seine Eltern und die Ärzte unterstützten ihn in dieser Zeit des Umbruchs. Er hatte am Ende erkannt, dass es das Beste für ihn wäre, seine wahre Genderrolle als die einer jungen Frau auszuleben. Dabei standen nicht sexuelle Aktivitäten im Vordergrund, sondern die Art, wie er sich selbst sah. Er wollte eine Rolle spielen, mit der er sich identifizieren konnte. Die Frage, wie er diese körperlich verwirklichen könnte, stellte sich für ihn derzeit nicht. Das würde sich später zeigen.

All die Probleme, die sich in der Praxis dabei stellten, erwiesen sich als lösbar. Es gab eine Verhandlung vor dem Amtsgericht, bei der er zwei ärztliche Atteste vorlegen musste. Eine Gebühr wurde fällig. Für die Namensänderung musste er aufs Standesamt.

Als sie herauskam, war sie eine Frau, hieß nun Roberta, würde sich weiblich kleiden und sich verhalten wie ein Mädchen. Um den Übergang einfacher zu gestalten, wechselte Roberta die Schule und wurde in ihrer neuen Umgebung gleich mit ihrem neuen Namen eingeführt. Eine geschlechtsangleichende Operation schien zu dem Zeitpunkt nicht notwendig zu sein, einige Hormonpräparate sollten genügen. Vom Sportunterricht wurde sie befreit, konnte in einem Verein mit separaten Umkleidekabinen Körperertüchtigung treiben.

Roberta fühlte sich in ihrer neuen Schule wohl. Umschwärmt wurde sie nicht, obwohl sie mit ihrer androgynen Erscheinung bildhübsch wirkte. Sie blieb gern allein, und, da sie allgemein respektiert wurde, ließ man sie in Ruhe.

Irgendwann baute sie wieder engere Beziehungen zu Gleichaltrigen auf. Da sie jetzt ein Mädchen war, interessierten sich eher Jungen für sie. Bei näherem Kontakt spürten diese jedoch – zumindest unbewusst – seine männlichen Züge, die sich in der Vergangenheit doch in gewissem Maß ausgeprägt hatten. Roberta hatte noch nicht alle männlichen Verhaltensmuster endgültig überwunden.

Das zeigte sich bei so einfachen Dingen wie dem Ausziehen eines Pullovers. Mädchen überkreuzen dabei die Arme, Jungen lassen sie parallel. Es dauerte eine Weile, bis Roberta überhaupt mitbekommen hatte, dass sie sich hier nicht typisch weiblich verhielt, und noch einmal eine Weile, bis sie sich umgewöhnt hatte.

Aber damit war es nicht getan. Wer wusste, wieviel Alltagshandlungen noch geschlechtsspezifisch ausgeführt wurden?! Unmöglich, das alles herauszubekommen! Roberta fand jedoch eine Lösung: Sie versuchte jede noch so kleine Handlung bewusst ungewöhnlich zu verrichten. So erledigte sie zwar die Dinge auch nicht typisch weiblich, aber doch wenigstens nicht mehr typisch männlich, sondern eben unkonventionell.

Sie kriegte das hin.

Es gab auch einen schwulen Jungen in ihrer Klasse, der sich noch nicht geoutet hatte. Er war ihr sympathisch und umgekehrt, aber Roberta hatte – wohl aus ihrer Erziehung herrührend – noch Hemmungen, was Intimität mit Jungen betraf. So wandte sie sich den Mädchen zu. Von denen wagte jedoch keine, in den Verdacht zu geraten, lesbisch zu sein.

Es gestaltete sich gar nicht so leicht für sie, eine Rolle für ihre Sexualität zu entdecken, wenn Vorbilder fehlten. Was war da möglich? Sie suchte nach Menschen in einer ähnlichen Situation und schloss sich der Queer-Community an. Hier bekam sie viele Informationen und Ratschläge. Andererseits fühlte sie sich immer noch anders als alle anderen. Es ging ihr weniger um die sexuelle Praxis als um ihre Gefühle. Sie wollte ja auch nicht in erster Linie Sex, sondern Romantik. Wenn überhaupt, wollte sie die echte Liebe finden.

Die Sache gestaltete sich kompliziert. Musste sie sich denn für „männlich" oder „weiblich" bei der Partnersuche festlegen? Diese Einteilung schien ihr zu schablonenhaft zu sein. Sie würde ihren eigenen Weg noch finden. Bis dahin hielt sie sich zurück.

Ihre schulischen Leistungen blieben überragend. In der Oberstufe hatte sie das Schulniveau schon weit hinter sich gelassen und beschäftigte sich mit Fachliteratur, die sie in der Universitätsbibliothek fand.

Als Roberta volljährig wurde, erkrankte ihr Vater an Krebs. Zusammen mit ihrer Mutter kümmerte sich Roberta um ihn, als es ihm immer schlechter ging. Mehrere Operationen folgten. Trotzdem erwies sich der Verlauf als hoffnungslos. Der Tumor war zu spät entdeckt worden und hatte bereits gestreut.

Nach einem Jahr starb ihr Vater. Das traf sie schwer. Sie hatte sehr an ihm gehangen. Aber da sie nun schon erwachsen war, trug sie es mit Fassung. Oft allerdings stieß sie auf Themen, über die sie gern mit ihrem Vater gesprochen hätte. Dann führte sie lange imaginäre Gespräche mit ihm, die ihr weiterhalfen. Sie vermisste ihren Vater sehr.

Charlène

Charlène klappte den Laptop zu und lehnte sich zurück. Sie war die Größte! Ihre letzte Publikation wurde massenhaft zitiert. Wie auch die vorigen. Sie hatte einen Durchbruch in der Quantengravitation erreicht und galt als die überragende Koryphäe auf dem Gebiet. Ein Blick in die Literatur bestätigte ihr jeden Tag aufs Neue, dass niemand ihr das Wasser reichen konnte. Es war wie der Blick in einen Spiegel, der ihr sagte, wie großartig sie sei, wie einzigartig, wie fantastisch! Das stellte für sie den schönsten Augenblick des Tages dar, wobei sie auf der anderen Seite auch den Blick in den realen Spiegel nicht zu scheuen brauchte: flammend rotes Haar, das in Locken um ein ausdrucksstarkes Gesicht floss, grüne Augen, die ihr Gegenüber zu durchleuchten schienen … Sie konnte als Schönheit gelten, wäre da nicht diese Kälte in ihren Augen, die einem unwillkürlich einen Schauer den Rücken herunterjagte.

Aber manche mögen das ja: eine schwer zu erobernde Frau, deren Panzer aufzubrechen eine lockende Aufgabe darstellt … Nicht ungefährlich! Im Eifer des Gefechts verlor der eine oder andere Verehrer schon sich selbst aus den Augen.

Eines dieser armen Opfer hieß Fabian, ein Doktorand, der sich auf den ersten Blick in Charlène verliebt hatte und sich ordentlich ins Zeug warf, um sie zu beeindrucken. Hätte er nicht merken müssen, dass er ihr nicht gewachsen war? Immerhin stammte er aus reichem Hause und konnte Charlène mit Blumen und Schmuckstücken überhäufen. Sie jedoch spielte nur mit ihm, schenkte ihm gerade genug Aufmerksamkeit, um seine Liebe am Glühen zu halten. Sie wurden sogar intim, was Charlène nicht viel bedeutete, dem jungen Mann aber durchaus. Er glaubte, jetzt in einer festen Beziehung mit Charlène zu sein.

Diese jedoch flirtete gleichzeitig ungeniert mit anderen Männern, was Fabian auf die Dauer nicht verborgen blieb. Er hatte sich ernsthaft Hoffnungen auf eine gemeinsame Zukunft gemacht und seine ganze

Existenz darauf ausgerichtet. Das alles sollte nun in sich zusammenstürzen? Er wollte es nicht wahrhaben und stellte in seiner Verzweiflung Charlène zur Rede. Diese sah ihn eiskalt an und schleuderte ihm entgegen:

„Wie kannst du es wagen, Besitzansprüche an mich zu stellen. Ich gehöre dir doch nicht! Du bist nicht mehr als eine Episode in meinem Leben. Lass mich gefälligst in Ruhe!"

Sie wusste wohl nicht, was sie damit anrichtete, und wenn, wäre es ihr egal gewesen. Fabian zerbrach daran. Er sah keinen Sinn mehr in seinem Leben und brachte sich um. In seinem Abschiedsbrief beschwor er noch einmal seine Liebe zu Charlène herauf und betonte, dass er ihr nichts vorwerfe. Sie solle ihn in guter Erinnerung behalten.

Als die Polizei Charlène den Brief zeigte, verzog sie keine Miene und bemerkte nur, dass sie nichts dafürkönne, wenn ein Mann sich falsche Hoffnungen mache und dann enttäuscht sei. Die Polizisten zuckten die Schultern. Sie kannten so etwas, bedauerten den gescheiterten Verehrer und beendeten Charlènes Verhör.

Berühmt waren Charlènes Partys. Sie versammelte alles, was Rang und Namen hatte, und darüber hinaus – das war ihre Spezialität – schöne junge Frauen. Letztere betrachtete sie wohl als ihresgleichen. Nur teils zu Recht. Als schön konnte sie ohne Zweifel gelten, aber als richtig jung wohl nicht mehr. Sie ging immerhin schon auf die Vierzig zu. Natürlich ist man damit noch nicht alt, aber eben auch nicht mehr blutjung. Abgesehen davon ist Schönheit kein Privileg der Jugend. Jedes Lebensalter kann Schönheit hervorbringen und tut es. Charlène konnte tatsächlich als umwerfend bezeichnet werden. Sie brauchte den Vergleich mit jüngeren Frauen nicht zu scheuen. Nur hätte sie nicht versuchen sollen, etwas zu sein, was sie nicht war.

Gern ließ sie zuweilen kokett eine Bemerkung fallen wie:

„So jung möchte ich auch noch einmal sein!"

Dabei handelte es sich offensichtlich um Fishing for Compliments. Sie wollte natürlich Widerspruch hören wie:

„Aber Charlène, Liebes, du bist doch jung und schön wie kaum eine andere Frau."

Meistens kam das auch, aber einmal hatte sie Pech. Eine blutjunge Altenpflegerin namens Judith antwortete:

„Das hängt doch nur von der Umgebung ab. Ich habe den ganzen Tag mit alten Leuten zu tun und werde von allen wegen meiner Jugend bewundert. Klar ist doch: Wenn man sich mit Jüngeren umgibt, darf man sich nicht wundern, dass man zu den Älteren zählt."

Das hätte sie besser nicht gesagt. Charlène blitzte sie an. Wenn Blicke töten könnten, wäre wohl nur noch ein Aschehäufchen von Judith übriggeblieben. Sie wurde nie wieder eingeladen.

Ihr Jugendwahn und ihre Eitelkeit machten es Charlène schwer, mit ihrem optischen Spiegelbild zufrieden zu sein, obwohl sie von der Natur so reich beschenkt war. Was nützen die schönsten Geschenke, wenn Zufriedenheit nicht dabei ist?

Arme Charlène – schlimme Charlène! Wie hatte sie nur so bedürftig nach Anerkennung werden können? Sie hatte eine schwere Kindheit gehabt. Die Eltern lebten in ständiger Geldnot, die Tochter wurde wegen ihrer roten Haare im Kindergarten und in der Schule gehänselt. Sie hatte dem nichts entgegenzusetzen außer Gewalt. Mangelnde Impulskontrolle stellte bei ihr schon damals ein Problem dar. Damit kam sie aber nicht durch, solange sie unter Aufsicht stand. Später im Leben tobte sie sich dann aus.

In der Schule wurde sie jedenfalls noch in ihre Grenzen verwiesen und kam sozial nicht zurecht. Die anderen Kinder fanden Vergnügen daran, sie zu provozieren und sie dann, wenn sie zuschlug, zu verpetzen. Hinzu kam: Bei vielen Aktivitäten ihrer Klassenkameraden konnte sie aus finanziellen Gründen nicht mitmachen und wurde dann irgendwann auch nicht mehr gefragt. Wenn es zu Mobbing kam – und das war bald der Fall –, konnte sie von ihren Eltern keine Hilfe erwarten. Sie waren zu schwach und hielten sich heraus. Charlène wurde geradezu in Minderwertigkeitskomplexe getrieben. Aber sie ging nicht unter! Hinter ihrer äußeren Schwäche verbarg sich ein harter Kern, ein eiserner Wille, der sie überleben ließ.

So hatte sie sich durchgeboxt. Sie bekam nichts geschenkt, hatte aber gelernt, sich zu nehmen, was sie wollte. Und sie kam damit durch. Sie hatte sich einen stählernen Panzer zugelegt und gelernt, erbarmungslos zu kämpfen. Ihre Schönheit, harte Arbeit, ihre lange Zeit verborgene Begabung und eine gewisse Skrupellosigkeit hatten sie dahin gebracht, wo sie heute stand: ganz oben. Das musste sie sich nun fortwährend beweisen. So tief ihre früher erlittenen Verletzungen gewesen sein mochten, so unersättlich war jetzt ihre Sucht nach Bestätigung. Eine Überkompensation der früheren Minderwertigkeitsgefühle mündete in einen ausgeprägten Narzissmus. Folglich erwartete sie nicht wenig vom Blick in den Spiegel und wehe, wenn sie nicht zufrieden war mit dem, was sie sah!

Charlène hatte ihre Arbeit für diesen Tag beendet. Sie erhob sich und ging hinüber in die Nachbarabteilung des Instituts, wo sie ihren Mann Walter besuchte. Auch er war Physiker und sie hatten vor zehn Jahren geheiratet. Sie hatte damals gerade bei ihm promoviert und ihn um den kleinen Finger gewickelt. Schnell hatte sie nach einem kurzen Postdoc-Aufenthalt im Ausland einen Ruf auf eine Professur an eine renommierte Universität in Deutschland erhalten. Walter, zu der Zeit Dekan der physikalischen Fakultät in B., hatte die Fäden gezogen. Kurze Zeit darauf erhielt Charlène den Ruf auf einen Lehrstuhl für Quantengravitation in B. Das galt als die Krönung einer Gelehrtenlaufbahn. Sie hatte das nicht nur ihrer Ehe mit Walter zu verdanken, sondern auch ihren außergewöhnlichen Fähigkeiten, einerseits als herausragende Wissenschaftlerin, andererseits aber auch als eine gerissene Selbstvermarkterin, die sich blendend darzustellen wusste.

Von diesem Zeitpunkt an konnte nichts und niemand sie mehr aufhalten. Sie dominierte die internationalen Konferenzen und hatte bald sogar ihren Mann überflügelt. Man kann nicht sagen, dass dieser frustriert gewesen wäre. Er war bescheiden und hatte auch so wahrlich genug zu tun.

Nicht immer hatte es so gut für Charlène ausgesehen. Sie hatte manch faulen Trick benutzt, bis sie ihren jetzigen Platz erreicht hatte. Am schlimmsten hatte sie es bei ihrem ersten Fachaufsatz getrieben. Das lag nun schon fünfzehn Jahre zurück. Bekanntlich ist das erste Paper das schwerste. Charlène machte da keine Ausnahme. Harte Arbeit wäre angesagt gewesen. Was aber hatte getan?

Sie hatte einen Gastprofessor aus Amerika bezirzt, einen Herrn Professor Q., und ihn unter dem Siegel der Verschwiegenheit gebeten, ein Paper für sie zu schreiben. Für den Herrn stellte es kein Problem dar, für sie eine makellose Publikation über eine Streitfrage beim Big Bounce aus dem Boden zu stampfen, über die sie nur noch ihren Namen zu setzen brauchte. Fertig. Allerdings wollte der gute Mann eine Gegenleistung dafür: Sex. Charlène, die schon damals von fachlichem Ehrgeiz zerfressen war, hatte eingewilligt.

Der Sex gestaltete sich harmlos, ja, geradezu langweilig – jedenfalls für Charlène. Für Herrn Q., der bei seinem Gastaufenthalt bisher keine Gelegenheit zum Sex erhalten hatte, übertraf er alle Erwartungen. Charlènes Erfahrungen, gepaart mit ihrer umwerfenden Schönheit, bescherten ihm bisher ungeahnte Glücksmomente. Er wäre ihr völlig verfallen, wenn sie ihn gelassen hätte. Aber der Deal beinhaltete nur ein einziges Mal. Das war's!

Charlène erhielt die Gegenleistung. Das Paper durchlief problemlos den Peer-Review und wurde in einer erstklassigen Zeitschrift abgedruckt. Charlène hatte damit eindrucksvoll ihr Debüt abgeliefert. Von da an lief es leichter und sie publizierte tatsächlich viele eigene Arbeiten.

Nachdem sie schließlich ihren Lehrstuhl innehatte, konnte sie ihre Studenten für sich arbeiten lassen. Sie gab das Thema vor, die Studenten machten die Arbeit, sie korrigierte und setzte die Namensliste darüber, ihren eigenen Namen gern an erster Stelle nennend.

Auch den umgekehrten Weg ging sie zuweilen, indem sie ein Paper schrieb, in welchem sie ihre eigenen Leistungen über den grünen Klee lobte, ein Theorem mit ihrem Namen verknüpfte oder einfach nur eigene Arbeiten, die ihr zu wenig Aufmerksamkeit erhalten zu haben schienen, ausgiebig zitierte. Über dieses schleimige Machwerk ließ sie dann einen Studenten seinen Namen schreiben und veröffentlichen. Das wirkte besser als unverhohlenes Eigenlob.

Wichtig war ihr immer wieder, ausgiebig zitiert zu werden. Sie bildete sich ein, dadurch ihren Ruhm zu steigern. Nur ein Nobelpreisträger wie Wolfgang Pauli durfte von sich sagen: „Ich kann es mir leisten, nicht zitiert zu werden." Nein, normale Wissenschaftler brauchten das Zitiert-

Werden. Aber Charlène übertrieb es. Sie genierte sich nicht, Zitate immer wieder mal von jenen einzufordern, die ihrer Meinung nach zu sorglos mit dieser Form der Anerkennung ihrer Arbeit umgingen.

Ihre eigenen Studenten hatte sie in der Hinsicht unter strenger Kontrolle. Sie mussten Charlènes Rolle bei der Entwicklung der aktuellen Theorien in übertriebenem Licht darstellen und würdigen. Irgendwann würde es auch der Letzte kapieren, dass sie die Größte war!

Aber nicht nur ihre eigenen Studenten hatte sie unter der Fuchtel. Sie versuchte, ihren Einfluss ständig auszudehnen. Bald war sie in den Redaktionen der wichtigsten Fachzeitschriften ihres Gebietes vertreten und natürlich auch als Gutachterin tätig. Sie konnte leicht eine Arbeit mit der Begründung zurückweisen, dass wichtige Vorarbeiten nicht zitiert worden seien. Die meisten Autoren wussten dann, was gemeint war und zitierten Charlènes Arbeiten in übertriebener Weise. Die reine Speichelleckerei! Trotzdem nicht überflüssig. Zwar nahm keiner die Lobhudelei ernst, aber jeder wusste, dass die derart hochgelobte Person sehr mächtig sein musste, wenn sie das erreichen konnte. Da duckte man sich besser weg. Alle hatten dann geschnallt, wer hier das Sagen hatte.

Klar, dass Charlène auch in der mündlichen Auseinandersetzung keinerlei Widerspruch duldete. Wenn sie in einem Seminar das Wort ergriff, beendete das gewöhnlich die Diskussion, und zwar in dem Sinn, der ihr genehm war.

Originelle Ideen, die in ihrem Einflussbereich auftauchten, saugte sie regelmäßig ab. Sie schrieb das entsprechende Paper und der Urheber oder die Urheberin der Idee tauchte irgendwo auf der Autorenliste auf. Solche Papers wurden normalerweise von der Leserschaft dem Leiter der Arbeitsgruppe zugeschlagen und das war nun einmal sie. Nach all dem, was sie schon entdeckt zu haben schien, hätte sie ein Genie sein müssen. Das war sie denn wohl doch nicht. Aber: Wer ist schon ein Genie? Wer weiß, vielleicht hat das eine oder andere berühmte Genie auch nur solche Spiele gespielt.

Auch anderswo wurde geforscht und zuweilen gab es eine nennenswerte Idee in ihrem Arbeitsgebiet, über deren Urheber sie keine Kontrolle hatte, von der sie überhaupt erst durch die Veröffentlichung erfahren hatte. Trotzdem konnten es manchmal sehr nahe gelegene Forschungsergebnisse sein. Dann konnte sie sich schon mal fuchsen, nicht selbst darauf gekommen zu sein. Wie sollte es eine Person wie sie da nicht jucken, die Sache an sich zu ziehen?

In solchen Fällen wählte sie das folgende Vorgehen: Sie veröffentlichte eine modifizierte Version der neuen Theorie in einer kleineren, möglichst regionalen Fachzeitschrift, die international kaum gelesen wurde und schlecht zugänglich war.

In diesem Artikel zitierte sie die ursprüngliche fremde Arbeit, wie es der Verhaltenskodex der Publikation verlangte. Damit hatte sie ihre Schuldigkeit getan. In allen zukünftigen Arbeiten zu dem Thema zitierte sie nur noch ihre eigene versteckte Arbeit mit dem Zusatz „… und darin angegebene Quellen". Damit war der ursprünglichen Arbeit formal Gerechtigkeit widerfahren und doch machte sich kaum ein Leser die Mühe, die verborgene Arbeit aufzustöbern, um nach den ursprünglichen Quellen zu suchen.

Auf diese Weise konnte sie immer wieder ihre eigene geheimnisvolle Arbeit zitieren und diese galt irgendwann als Ursprung der Theorie.

So zog sie fast alle Errungenschaften auf ihrem Arbeitsgebiet an sich, bis sie unangefochten als die beherrschende Koryphäe galt.

Ihr Mann Walter wusste nichts von ihren Tricks. Für ihn war sie die begabte, fleißige Wissenschaftlerin, die sie allen vorspielte. Er glaubte, ihr nicht mehr viel geben zu können und konzentrierte sich auf seine eigenen Studenten.

Unter diesen ragte eine neue Assistentin hervor, die ihm begabter zu sein schien als alle, die er je kennengelernt hatte. Ja, sie schien ihm sogar besser zu sein als seine Frau Charlène. Erst wollte er sich das nicht eingestehen. Dann aber, als er sich sicher war, schirmte er die begabte junge Frau sicherheitshalber vor seiner Frau ab. Er wusste, wie konkurrenzbewusst Charlène sich verhielt und wollte ihr keinen Grund zur Eifersucht geben. Dennoch mussten sich ihre Wege früher oder später kreuzen. Walters und Charlènes Gruppen arbeiteten schließlich zusammen.

Die besagte junge Wissenschaftlerin war jene Roberta, die früher Robert geheißen hatte. Sie hatte nach der Schule ein Physik-Studium begonnen, begehrte Stipendien erhalten, und promovierte jetzt. Sie verehrte in Walter nicht nur den erfolgreichen Wissenschaftler, sondern wusste auch seine Qualitäten als Mensch zu schätzen. Sah sie in ihm sogar einen Ersatzvater? Möglich, aber nicht notwendigerweise. Walter verkörperte einen typischen Wissenschaftler, etwas verkopft und zerstreut, aber friedfertig und liebenswert. Solche Menschen hatte Roberta in der Wissenschaft zu finden erhofft und solche Menschen mochte sie. Aber Vorsicht: Nicht alle Wissenschaftler sind so. Das sollte Roberta noch schmerzhaft erfahren.

Roberta bemerkte man kaum, so ruhig und bescheiden wirkte sie, dabei bildschön: tiefschwarzes Haar über einem ebenmäßigen Gesicht, wie aus Carrara-Marmor gemeißelt, darin volle rote Lippen und große dunkle Augen. Trotz ihrer Schönheit hielt sie sich zurück, kleidete sich unauffällig und sprach mit leiser melodischer Stimme. Zwischen ihr und Walter entwickelte sich eine Art Vater-Tochter-Beziehung. Tatsächlich hatte er die Rolle ihres Doktor-Vaters übernommen, wobei er nicht viel tun musste. Roberta arbeitete ausgesprochen selbstständig. Es dauerte nicht lange, bis sie ihre ersten eigenen Entdeckungen machte. Walter unterstützte ihr Fortkommen und bald erstrahlte ihr Stern hell am Firmament des Wissenschaftshimmels. Sie schlug eine Brücke zwischen Schleifenquantengravitation und String-Theorie, die sich als revolutionär erweisen sollte. Jeder bewunderte sie.

Die Verbindung zwischen Walter und Roberta war jedenfalls sehr eng und sie profitierten beide voneinander. Roberta lernte viel von Walter und für Walter eröffneten sich durch ihr Feedback völlig neue Sichtweisen auf alte Probleme.

Roberta arbeitete sich in alle Arbeitsgebiete des Instituts ein, auch in Charlènes. Sie sprach mit Charlène und ließ sich ihre Projekte erklären. Im Gegenzug erzählte sie von ihren eigenen Arbeiten. Charlène erkannte bald das Talent der Assistentin ihres Mannes und beobachtete sie von da an mit Misstrauen.

Der Einstein-de-Haas-Effekt

Charlène ließ ihre Studenten eines Tages numerische Simulationen zu einem von ihr selbst entwickelten Modell für die dunkle Energie durchführen. Mit den Ergebnissen ging sie kreativ um, was bedeutete, dass sie sich diese so zurechtbog, dass sie passten.

Vorbild für ihr Verhalten war das Vorgehen von Einstein und de Haas bei der Analyse der Messergebnisse zu einem Effekt, der später den Namen Einstein-de-Haas-Effekt tragen sollte. Es ging damals um den gyromagnetischen Faktor, das Verhältnis zwischen dem magnetischen Moment eines Elektrons in Einheiten des Bohrschen Magnetons und dem zugehörigen Drehimpuls. Der theoretische Wert für dieses Verhältnis ist 1,0 beim Bahndrehimpuls, aber 2,0 beim Spin. Der untypische Wert für den Spin war damals unbekannt und entspricht nicht dem klassischen Bild. Als er später bekannt wurde, überraschte er alle. Gemessen wurde von Einstein und de Haas an Ferromagneten mit ungepaarten Spins. Einstein und de Haas erwarteten seinerzeit, den falschen Wert 1,0 zu erhalten und – oh Wunder – maßen diesen Wert fast punktgenau: 1,02. Und das, obwohl 2,0 richtig gewesen wäre!

Wie war das möglich? Wie sich im Nachhinein herausstellte, hatten sie in Wirklichkeit zweimal gemessen und die Werte 1,45 und 1,02 erhalten. Da die Messgenauigkeit bei diesem Versuch sehr zu wünschen ließ, hatten sie den ersten Wert als Messfehler verworfen und sich für den zweiten entschieden. Der richtige Weg wäre gewesen, beide Ergebnisse zu publizieren. Den nicht passenden einfach wegzulassen, war zwar keine Fälschung, aber wohl doch eine Schönung.

In ähnlicher Weise verfuhr auch Charlène bei ihrer Auswertung der Ergebnisse der Simulationen. Sie berücksichtigte nur die, die zu ihrer Theorie passten. Ihre Kollegin Roberta verfolgte die Arbeit mit Interesse, zweifelte jedoch an Charlènes Theorie. Um die Ergebnisse der Simulationen besser verstehen zu können, bat sie um Einsicht in die kompletten Rechenergebnisse. Das passte Charlène nun wieder überhaupt nicht. Indes war sie nicht so dumm, Robertas Bitte glattweg abzulehnen. Vielmehr machte sie mal einen Datenverlust geltend, mal ein Problem bei der Aufbereitung. Im Ergebnis kam jedenfalls Roberta nicht an die vollständigen Daten.

Roberta nahm die Sache nicht so wichtig. Sie dachte sich ihren Teil dazu. Die Zusammenarbeit der beiden Frauen hakte und stockte immer wieder. Wenn man einer von beiden die Schuld daran geben wollte, wäre es Charlène gewesen. Zu einem offenen Konflikt kam es indes nicht. Sie gingen freundlich miteinander um, Charlène falsch wie eine Schlange, Roberta aufrichtig und arglos.

Ein Überfall

Noch verweilte Charlène Abneigung gegen Roberta im Winterschlaf, noch kam es zu keinen geplanten Aktionen. Trotzdem war die Antipathie bereits da, gegründet auf unkontrollierte Eifersucht.

Bei einer ihrer Partys traf Charlène auf einen schmierigen Kerl namens Mike, von dem sie nicht wusste, wer ihn mitgebracht hatte. Obwohl sie von ihm angewidert war, sprach sie mit ihm, begab sich auf sein Niveau hinab. Sie wollte eigentlich nichts mit ihm zu tun haben, hoffte aber, ihn irgendwie auf Roberta aufmerksam machen zu können.

Das war kaum nötig. Sein Blick blieb immer wieder an Roberta hängen. Charlène bemerkte seine verstohlenen Blicke, lächelte wissend, als er wieder sie ansah, und flüsterte verschwörerisch:

„Eine schöne Frau, nicht wahr? Aber spröde wie Glas. Es wäre wohl Zeit, dass es ihr einer mal richtig besorgt. Was meinst du?"

„Klar. Ich werde mal mein Glück versuchen."

Damit machte er sich auf den Weg zu Roberta. Er lungerte in ihrer Nähe herum und wartete auf eine Gelegenheit, sie allein zu sprechen und sie anzumachen. Irgendwann hatte er Glück damit, sie zu sprechen, andererseits das Pech, dass er Roberta sofort unsympathisch war. Er blitzte folglich ab, und zwar, da er auf subtile Zeichen nicht reagierte, auf ziemlich deutliche Weise.

Nun war er beleidigt und sann auf Rache. Zunächst stalkte er Roberta im Geheimen. Bald kannte er ihre Wege und passte sie eines Tages in der Tiefgarage ab. Er trat zwischen den parkenden Autos hervor und versperrte ihr den Weg.

„Hallo! Wie geht's, wie steht's?", grinste er.

„Gut", antwortete Roberta. „Bitte entschuldige mich. Ich hab's eilig."

Damit wollte sie sich an ihm vorbeidrängen. Aber er ließ sie nicht, packte sie am Arm und flüsterte heiser:

„Nun hab dich nicht so. Du willst es doch auch."

„Lass mich sofort los! Oder …"

„Oder was? Komm schon!"

Und damit drückte er sie an sich und presste seine Lippen auf ihre. Roberta hatte nicht die Absicht, sich küssen zu lassen und befürchtete Schlimmeres. Sie drückte Mike ein Stück weg, um Platz für einen Schlag zu habe und verpasste ihm eine rechte Gerade mitten ins Gesicht. Sein Nasenbein brach und er schrie auf vor Schmerz. Roberta hatte aufgrund ihrer Vergangenheit mehr Kraft, als man bei einer Frau erwarten würde. Das wirkte. Um ganz sicher zu gehen, zog sie ein Pfefferspray aus der Tasche und sprühte den Angreifer an. Der war erst einmal außer Gefecht. Dann ging sie zu ihrem Auto und fuhr weg.

Den Vorfall ließ sie auf sich beruhen. Ihn anzuzeigen, hätte viel Aufwand bedeutet. Hinzu kam, dass es keine Zeugen gab und sie Schwierigkeiten gehabt hätte, den Vorgang zu beweisen. So erfuhr auch Charlène nicht, was sie angerichtet hatte. Besser so.

Roberta hatte keine Angst vor Mike. Tatsächlich kam der ihr nie wieder in die Quere. Er verschwand so schnell aus ihrer Umgebung, wie er aufgetaucht war.

Eine junge Wissenschaftlerin

Robertas Stern erstrahlte immer heller am Himmel der Wissenschaft. In der Quantengravitation, ihrem Arbeitsgebiet, war sie weltbekannt, ohne allerdings schon Macht erlangt zu haben.

Charlène entging das nicht. Bei ihrem täglichen Blick in den Spiegel der Literatur sah sie nicht mehr wie bisher ihren eigenen Ruhm, sondern den von Roberta. In den Rankings und Zitationslisten war die junge Wissenschaftlerin an ihr vorbeigezogen und stand jetzt an erster Stelle in ihrem Fachgebiet. Das ging gar nicht! Der Stachel der Eifersucht plagte Charlène. Ihre Psyche ließ es nicht zu, die Zweite zu sein. Sie würde kämpfen, und zwar mit allen Mitteln, die ihr zur Verfügung standen, fairen und unfairen.

Sie betrachtete Roberta nunmehr als lästige Konkurrentin, die sie loswerden wollte. Wie es ihre Art war, ließ sie sich nichts anmerken, tat vorne herum freundlich, bereitete aber hinten herum Robertas Abschuss vor. Jetzt ging es nicht mehr um Zufallstreffer, jetzt nahm sie die Sache ernsthaft in die Hand. Einen Plan hatte sie auch schon. Dazu setzte sie einen Doktoranden ein, der ihr bei schmutzigen Deals half. Er hieß Rufus und fiel im Vergleich zu ihren anderen Doktoranden in der Leistung ab. Dafür hatte er keine Skrupel, wenn es darum ging, ein wenig zu schummeln. Diesen Rufus beauftragte Charlène, Roberta zu verführen. Ziel war es, verfängliche Fotos der beiden zu produzieren.

Rufus versuchte sein Bestes, aber es gelang ihm dann doch nicht, zum Ziel zu kommen. Immerhin kam er Roberta nahe genug, um ein paar Selfies mit ihr zu machen. Diese benutzte Charlène, um Roberta eine Affäre mit Rufus anzudichten. Da Rufus an derselben Fakultät arbeitete wie Roberta und auf einer niedrigeren Stufe stand, ging es um sexuelle Nötigung von Abhängigen. Eine ernste Angelegenheit, die zu unangenehmen Untersuchungen führte.

Abgesehen von den offiziellen Schritten der Universitätsverwaltung gab es noch einen gewaltigen Shitstorm in den sozialen Medien. Charlène hatte hinter den Kulissen dafür gesorgt, dass Roberta an den Pranger gestellt wurde. Den Wert eines guten Rufes erkennt man oft erst, wenn man ihn verloren hat. So erging es auch Roberta. Auf einmal traf sie fast überall auf Ablehnung und Widerstände.

Als er sah, was er angerichtet hatte, bekam Rufus Mitleid mit Roberta und milderte seine Aussage ab. Juristisch würde die Sache demnach kein Nachspiel haben. Trotzdem: Robertas Ruf war ruiniert. Semper aliquid haeret. An dieser Universität würde sie auf keinen grünen Zweig mehr kommen.

Sie bewarb sich an zahlreichen anderen Orten in Deutschland, aber die deutsche Forschungslandschaft ist so gestaltet, dass man ab einer gewissen Qualifikation kaum noch Stellen findet. Und in Deutschland wollte sie unbedingt bleiben, weil sie ihre Mutter in erreichbarer Nähe haben wollte, die in absehbarer Zeit Pflege benötigen würde.

Diese Einschränkung engte die Suche beträchtlich ein.

Dann kam hinzu: Selbst in den seltenen Fällen, dass mal eine geeignete Stelle ausgeschrieben war, kam die schmutzige Angelegenheit, die ihr an ihrer bisherigen Wirkungsstelle nachgesagt wurde, zur Sprache und verhinderte ihren Erfolg bei einer Bewerbung. Es schien aussichtslos.

Damit dürfte sie am Ende ihrer Laufbahn angekommen sein.

Gab es noch eine Zuflucht?

Die sieben Zwerge

Ungefähr zu dieser Zeit trafen sich sieben Postdocs in der Mensa der Uni F. Es handelte sich um Aufbaustudenten aus den Fachbereichen Physik und Mathematik. Die sieben jungen Leute hatten jeder für sich bei irgendwelchen Mathematik- oder Physik-Wettbewerben Preise gewonnen, waren dadurch in Förderprogramme geraten und hatten sich dort kennengelernt. Es gab unter diesen Studenten viele Gleichgesinnte, aber mit der Zeit formierte sich ihre Siebenergruppe als ein harter Kern und sie bekannten sich zueinander. Dies wollten sie zum Ausdruck bringen, indem sie sich zusammengehörige Spitznamen gaben. Die Bezeichnungen der sieben Wochentage boten sich dafür an.

Sonntag war die Wortführerin der kleinen Gemeinschaft, Montag ihre Partnerin, wie der Mond das Gegenstück zur Sonne ist. Freitag hatte seinen Namen daher, dass er eine Zeitlang auf einer kleinen Insel im Südpazifik gelebt hatte wie Freitag bei Robinson. Dienstag und Mittwoch waren Wunderknaben, Donnerstag und Samstag Wundermädels. Alle sieben verbrachten die meiste Zeit vor dem Computer und konnten als Nerds eingestuft werden.

Am Vortag hatten sie verabredet, alle gleichzeitig einen Tarantino-Film zu streamen und dabei miteinander zu chatten. Anschließend hatten sie sich darüber gestritten, ob der Film den Bechdel-Test bestehen würde. Es hatte Spaß gemacht. Heute wollten sie gemeinsam wissenschaftliche Pläne für die Zukunft ihrer Arbeit schmieden.

Sie hatten sich auf Quantengravitation spezialisiert und schon einige Zeit auf diesem Gebiet gearbeitet. Man durfte wohl sagen, dass sie inzwischen einiges auf dem Kasten hatten. Trotzdem wäre die Wechselwirkung mit einer Koryphäe auf diesem Gebiet das Sahnehäubchen auf dem Kuchen gewesen. Also überlegten sie, wen sie eventuell für eine Zusammenarbeit gewinnen könnten.

Da brachte Sonntag Robertas Namen ins Spiel. Von ihr hatten alle schon gehört. Allerdings auch von den Gerüchten, die sie begleiteten. Dienstag brachte Robertas angebliche sexuelle Übergriffe in B. zur Sprache. Betreten schwiegen alle für einen Moment. Dann stellte Sonntag fest:

„Das ist doch alles nur aufgebauscht, ohne dass etwas dahintersteckt. Da sind bloß Neider am Werk. Sonst hätte es juristische Konsequenzen gegeben."

„Immerhin gibt es im Netz dieses Selfie mit dem Studenten", wandte Mittwoch ein.

„Na und? Hast du Angst, sie könnte auch ein Selfie mit dir machen?", neckte ihn Sonntag.

„Nein. Ich hätte nichts dagegen einzuwenden", kicherte Mittwoch.

„Ich finde, sie sieht nett aus", konstatierte Montag und alle gaben ihr recht.

„Welchen Wert hat sie wohl auf der Skala des Crackpot-Index?", wollte Samstag wissen.

„Sie ist dort noch gar nicht gelistet" antwortete Donnerstag.

„Das ist schon mal ein gutes Zeichen", stellte Sonntag fest.

Roberta schien zu passen.

Nun beschäftigten sie sich noch ausgiebiger mit Robertas Arbeiten und je mehr sie lasen, desto begeisterter wurden sie. Diese Forscherin war genau das, was sie gesucht hatten. Sie entschieden, dass sie Roberta nach F. holen wollten. Wenn Roberta das gewusst hätte! Sie würde es bald erfahren. Das bedeutete doch etwas. Da hatte sie echte Anhänger! Fans! Das waren junge Leute, die in Robertas Forschung eine Zukunft sahen. Fantastisch!

Als Nächstes ging es um das praktische Vorgehen. Die Sieben wollten als Pressure-Group ein Crowd-Funding initiieren, um eine Stiftungs-Professur zu finanzieren, auf die sie Roberta berufen würden.

Die jungen Wissenschaftler und Wissenschaftlerinnen konnten im Wissenschaftsapparat als Zwerge gelten, als Wissenschaftszwerge, weil sie noch keine Reputation besaßen. Nichtsdestotrotz machte ihr Engagement diesen Mangel wett.

Zunächst nahmen sie Kontakt zu Roberta auf. Die freute sich. Eine fruchtbare Zusammenarbeit auf Distanz entstand. Die kleine Arbeitsgruppe aus Roberta und den sieben Postdocs veröffentlichte erfolgreich und wurde unter dem Namen „Schneewittchen und die sieben Zwerge" bekannt. Sie hatten alle nichts gegen ihren neuen Gruppennamen und signierten ihre Papers künftig mit „S&N^". Damit es nicht zu simpel würde, stand N für 7, weil Stickstoff das Element mit der Ordnungszahl 7 war, und der Keil ^ symbolisierte die Zipfelmützen der Zwerge im Märchen. Insider wussten Bescheid.

Der Name „die sieben Zwerge" zeigte bereits, worum es ging: ein Team, vereint im Kampf für ein gemeinsames Ziel. Im Märchen von Schneewittchen und den sieben Zwergen siegt Teamgeist über den Narzissmus einer einzelnen Person. Ob es in der Realität, in der gegebenen Situation auch so sein würde?

Robertas unhaltbare Situation in B. erforderte immer dringender eine Lösung. Das Crowd-Funding begann und die sieben Zwerge gaben ihr Bestes. Trotzdem gestaltete sich das Vorgehen nicht ganz so einfach wie gehofft. Die Verleumdung Robertas wirkte nach und erschwerte die Aktion.

Die Everett-Interpretation

Makroskopische Ereignisse haben ihre Wurzeln in Quantenereignissen. In der Everett-Interpretation der Quantenmechanik entspricht jede Quanten-Entscheidung einer Wahl zwischen zwei möglichen Welten. Beide existieren, aber nur in einer der beiden lebt man. So existieren durch unzählige Entscheidungen Myriaden von Welten. Es handelt sich um eine Viele-Welten-Theorie.

Die Verzweigung der Realität führte dazu, dass in einer Anzahl von Welten das Crowd-Funding für Roberta erfolgreich verlief, in einer komplementären Menge jedoch nicht.

Unter den Welten, in denen das Crowd-Funding nicht klappte, gab es wiederum solche, in denen die sieben Zwerge auf andere Weise eine Stelle für Roberta organisieren konnten.

In einer solchen Welt formulierten sie gemeinsam mit Roberta einen Antrag für ein gemeinsames Forschungsprojekt und warben Drittmitteln dafür bei geeigneten Organisationen ein. Die Universität von F. unterstützte sie dabei und die beantragten Gelder wurden bewilligt. Roberta konnte in F. arbeiten.

Ferner gab es allerdings auch solche Welten, in denen es keine Möglichkeit für Robertas Verbleib in der Wissenschaft gab. Ja, diese Möglichkeiten existierten und in vielen von ihnen wurde Roberta trotzdem glücklich. Sie fand in jenen Welten andere Möglichkeiten, sich zu verwirklichen. Privat eröffneten sich in manchen Fällen bislang ungeahnte Perspektiven. In wieder anderen Welten wurden ihre künstlerischen und musikalischen Talente entdeckt.

In all diesen Welten lernte sie, dass durch eine sehr starke Fokussierung auf ein Ziel manchmal der persönliche Eindruck entstehen kann, mit dem Scheitern dieses Projektes das Leben gescheitert sei. Das ist aber nicht so. Fällt die Fokussierung weg, erweitert sich der Horizont, anderes kommt ins Blickfeld.

Von jenen Welten, in denen ihr wirklich Schlimmes widerfuhr, kann immerhin so viel gesagt werden, dass Robertas starker Charakter ihr durch alle Widrigkeiten des Schicksals hindurchhalf.

Exemplarisch für diese schlechten Welten soll eine besonders scheußliche genannt werden, in der Charlène sich nicht damit zufriedengab, Robertas wissenschaftliche Karriere ruiniert zu haben, sondern sogar in ihr Privatleben eingriff. Eigentlich ein Tabubruch. So etwas tut man einfach nicht – bei aller beruflicher Feindschaft.

Sehen wir uns an, wie es in dieser schlechten Welt weiterging. Charlène hatte also das Tabu gebrochen. Sie hatte Robertas Mutter einige frei erfundene Abscheulichkeiten über ihre Tochter hintertragen lassen. Warum sie Roberta so sehr hasste, dass sie die Arme über das Berufliche hinaus verfolgte, lässt sich schwer sagen. Vielleicht beruhte dieser Hass auf einem Neid auf ihre vermeintliche Konkurrentin, die mühelos und auf ehrliche Weise das erreicht hatte, wofür sie selbst einen so hohen Preis hatte zahlen müssen.

Charlènes Versuch, Robertas Mutter gegen ihre Tochter aufzuhetzen, gelang erstaunlicherweise für kurze Zeit. Die Mutter, aus einer Generation stammend, in der man in Ehrfurcht erschauerte, wenn ein Professor oder eine Professorin sprach, glaubte den Unsinn, der ihr erzählt wurde, und machte ihrer Tochter schwere Vorwürfe. Roberta hätte Grund gehabt, sich enttäuscht von ihrer Mutter abzuwenden, aber die Liebe zu ihrer Mutter gab ihr die Kraft, sich mit der Situation auseinanderzusetzen. Sie hatte einige Mühe, die Lügen aus der Welt zu schaffen, aber es gelang ihr schließlich. Sie versöhnte sich mit ihrer Mutter.

Von der Hochschulumgebung hatte sie in jener Welt die Nase voll. Als Quereinsteigerin ging sie letztlich an ein Gymnasium und erteilte Schulunterricht. Welch eine Verschwendung von Talent! Sie hätte den Nobelpreis erreichen können und jetzt das! Aber – auch das hat einen Wert – die Schüler erkannten ihre überragenden Qualitäten und verehrten sie. Sie wiederum verdankte es ihrer Bescheidenheit, mit ihren kleinen Erfolgen an der Schule zufrieden zu sein.

Welch ein Glück, dass ihr starker Charakter sich am Ende in allen Welten in irgendeiner Weise durchsetzte! Wenn es auch nur in der Art ist, wie sie ihren Untergang annahm.

Um auf den Hauptstrang der Erzählung zurückzukommen: Die quantenmechanischen Wahrscheinlichkeiten lagen erfreulicherweise so, dass die Möglichkeiten, bei denen Roberta bei den sieben Zwergen unterkam, die wahrscheinlicheren waren.

In diesem Sinne dürfte es nicht ganz unvernünftig sein, diese wahrscheinlichere Version der Geschichte weiterzuerzählen.

Roberta ging also nach F. zu den sieben Zwergen und die Gruppe erhielt von der dortigen Universität Räumlichkeiten zur Verfügung gestellt. Da die zusammengebrachten Mittel beschränkt waren, konnten Roberta nur aufeinanderfolgende Zeitverträge angeboten werden. Ferner gehörte sie nicht offiziell der Universität an, trug also auch keinen Professorentitel. Aber dabei handelte es sich nur um Äußerlichkeiten. Die Weichen waren gestellt und man arbeitete mit Hochdruck zusammen weiter.

Für eine kurze Zeit schien die Welt in Ordnung zu sein.

Schrödingers Katze

An der Universität von F., die Roberta so freundlich aufgenommen hatte, gab es einen Physik-Professor namens Schrödinger. Obwohl nicht mit dem berühmten Erwin Schrödinger verwandt, musste er sich unzählige blöde Witze über seinen Namen anhören. Es machte ihm nichts aus. Im Gegenteil, er genoss die soziale Aufmerksamkeit, die das mit sich brachte, und die er niemals aufgrund seiner trockenen Forschungsergebnisse im Bereich der Festkörperphysik erhalten hätte.

Natürlich besaß Schrödinger eine Katze. Er wusste schließlich, was er seinem Namen schuldig war. Die Katze lief frei in seiner Wohnung herum.

Eines Tages veranstaltete dieser Herr Schrödinger eine Party bei sich zu Hause, zu der auch Roberta eingeladen war. Die Atmosphäre war fröhlich, alle wurden durcheinandergemischt. Ein Mathematik-

Student wanzte sich an Roberta heran und fragte:

„Was machst du eigentlich so?"

„Ich beschäftige mich mit Quantengravitation."

„Ah ja. Interessant. Die Quantenmechanik habe ich verstanden. Aber wie hängt sie mit der Gravitation zusammen."

„Also zunächst mal: Einer der Wegbereiter der Quantenfeldtheorie, Richard Feynman, hat einmal gesagt: ‚Wer glaubt, die Quantenmechanik verstanden zu haben, hat sie nicht verstanden.' Das zu deinem Verständnis der Quantenmechanik. Was nun den Zusammenhang mit der Gravitation betrifft, so findet man ihn höchst selten, da die Quantenmechanik das sehr Kleine beschreibt, die Gravitation aber gewöhnlich bei sehr großen Massen auftritt. Wo könnte das sein? Na, was glaubst du? Woher kennst du diese Situation: eine unvorstellbar große Masse auf kleinstem Raum?"

„Keine Ahnung."

„Beim Urknall. Da ist die Masse des gesamten Universums in einem Punkt versammelt."

„Klar, das verstehe ich. Bei der Gelegenheit könntest du mir gleich verraten, was vor dem Urknall war."

„Für die Antwort auf diese Frage gibt es verschiedene Theorien. Manche sagen, dass die Zeit erst mit dem Urknall entstanden sei. Dann gibt es kein ‚Davor'. Andere glauben, dass es sich in Wirklichkeit um einen Big Bounce gehandelt hat: Ein vorheriges Weltall ist auf einen Punkt kollabiert, abgeprallt und dehnt sich seither wieder aus. Das könnte sich schon seit Ewigkeiten so wiederholt haben."

„Wahnsinn!"

„Na ja, bisher ist nichts bewiesen. Aber genug von mir. Was machst du so?"

„Ich bin ein armer Student, Fachrichtung Mathematik. Wusstest du eigentlich, dass ein armer Mathematikstudent wie ich sein ganzes Leben lang arm bleiben wird?"

„Das glaube ich nicht", antwortete Roberta amüsiert.

„Ich kann es beweisen. Mein derzeitiges Vermögen beläuft sich auf ungefähr 100 Euro. Damit bin ich im Vergleich zum Durchschnittsvermögen arm. Nun könnte ich das Vermögen im Lauf eines Jahres um weitere 100 Euro steigern. Eine realistische Annahme. Dann hätte ich 200 Euro und wäre immer noch arm. Das heißt: Wenn ich in einem gegebenen Jahr arm bin, bin ich es auch im Jahr darauf. Durch vollständige Induktion folgt daraus, dass ich immer arm sein werde."

„Falsch", entgegnete Roberta lachend. „Nach deiner Annahme verdoppelst du dein Vermögen in einem Jahr. Wenn sich das fortsetzt, haben wir ein exponentielles Wachstum. Damit wirst du in zwanzig Jahren 100 Millionen Euro besitzen. Das sollte reichen, dass du nicht mehr als arm giltst."

Dem armen Studenten verschlug es die Sprache. Roberta nutzte die Gelegenheit, prostete ihm freundlich zu und wandte sich einem anderen nahestehenden Gast zu, den sie kannte und der ihr gerade zugewinkt hatte.

Im Verlauf des Abends öffnete eine der weiblichen Gäste den Backofen in der Küche und schrie:

„Iiih, Schrödinger, da ist eine tote Katze drin!"

Schrödinger erschrak furchtbar, sprang aus seinem Sitz hoch und fragte atemlos:

„Was? Ist das etwa mein Maunzerle?"

Roberta dagegen reagierte geistesgegenwärtig und rief:

„Pass bloß auf, Lisa, dass du den Zyanwasserstoff nicht einatmest!"

Dann hatte auch Schrödinger den Gag kapiert und äußerte sich:

„Du weißt schon, Lisa, dass du den Tod der Katze erst besiegelt hast, indem du den Backofen geöffnet hast?"

„Wenn ich ihn nicht geöffnet hätte, wäre sie wahrscheinlich auch gestorben. Die ursprüngliche Versuchsanordnung war für eine Stunde konstruiert, aber ich habe gesehen, dass der Backofen schon länger ungeöffnet dastand. Die Wahrscheinlichkeit für den Zerfall des radioaktiven Atoms steigt damit, bis sie irgendwann fast zur Sicherheit wird."

„Das reicht nicht. ‚Fast' ist nicht ‚ganz'. Die Katze hätte noch am Leben sein können."

„Irgendwann wäre sie mit Sicherheit tot gewesen. Wenn nicht durch den Zyanwasserstoff, dann durch Verhungern. Da beißt die Maus keinen Faden ab. Finde dich damit ab, Schrödinger."

Obwohl sie sich alle duzten, nannte jeder den Katzenbesitzer Schrödinger, wahrscheinlich, weil der Name unter Physikern so einen guten Klang hatte.

Sie amüsierten sich noch eine Weile über Schrödingers Katze. Schließlich reichte es Schrödinger. Er nahm Roberta beiseite, wurde ernsthaft, streichelte seine Katze, die er inzwischen gesucht und gefunden hatte, und meinte:

„Weißt du: Mit der Forschung ist es wie mit der sprichwörtlichen Katze. Eine große Idee entsteht im Verborgenen. Aber erst wenn sie veröffentlicht wird, zeigt sich, ob sie wirklich groß ist. Dabei ergibt sich jedoch ein Problem: Mit der Veröffentlichung beginnt auch die Auseinandersetzung. Du solltest vorsichtig damit sein; denn du scheinst einige Neider zu haben. Das zeigt die dir nachgesagte Affäre in B. Im Augenblick kannst du mit deinen Mitarbeitern ungestört forschen, aber wenn ihr die Ergebnisse weiter in solchem Ausmaß veröffentlicht wie letztlich, könntest du wieder in die Schusslinie von irgendjemandem geraten. Dann ist es aus mit der Ruhe."

„Danke für den Hinweis, aber damit muss ich leben. Ich scheue die Diskussion meiner Arbeit nicht."

„Was dich erwartet, ist nicht nur eine Diskussion. Da wird massiv mit Schmutz geworfen."

„Aber Schrödinger, du weißt doch, wie es heißt: Publish or perish. Da führt kein Weg dran vorbei."

„Wenn du meinst … Mein ernstgemeinter Rat bleibt: Sei auf der Hut!"

Die Warnung war durchaus berechtigt. Obwohl in bester Absicht vorgebracht, verhallte sie allerdings unbeachtet. Roberta konnte sich die Boshaftigkeit mancher Menschen einfach nicht vorstellen.

So veröffentlichte sie munter weiter und wurde immer berühmter.

Alle, die vorher berühmter waren als sie, störten sich daran, es nicht mehr zu sein. Nicht jeder dachte gleich daran, sie zu sabotieren, aber ein latenter Ärger und Neid waren vielfach vorhanden.

Roberta merkte von all dem nichts und fuhr unbekümmert fort zu publizieren. Der Rausch der Begeisterung für ihre Arbeit riss sie mit sich.

Die Quittung sollte nicht lange auf sich warten lassen.

Der Apfel

Als Charlène das nächste Mal das Spiegelbild ihres Schaffens in der Literatur betrachten wollte, erstarrte sie. Roberta stand besser da denn je und vor allem: immer noch besser als sie selbst. Charlène hatte erwartet, sie durch ihre Intrige erledigt zu haben. Das hatte wohl nicht gereicht. Sie tobte:

„Dieses dahergelaufene Flittchen! Na warte, dir werde ich's zeigen!"

Und schon schmiedete sie neue Pläne, wie sie ihre Rivalin endgültig vernichten könnte.

Roberta ahnte nicht, dass Charlène hinter ihrem Desaster in B. gesteckt hatte. Sie war völlig arglos. So konnte Charlène ihr jetzt eine geheuchelt freundliche E-Mail schicken, von ehemaliger Kollegin zu ehemaliger Kollegin:

„Liebe Roberta,

oder darf ich wie alle sagen: ‚Schneewittchen‘?

Wie freut es mich, dass du eine neue Stelle finden konntest! Ich wünsche dir alles Gute dort.

Um im Bild des Märchens zu bleiben: Da ich die Frau deines Doktorvaters bin, könnte ich Schneewittchens böse Stiefmutter spielen. Daher sende ich dir hiermit im Anhang einen Apfel. Es handelt sich um einen Hauptapfel mit vielen kleineren Nebenäpfeln, also ein Apfelmännchen. Aber sei vorsichtig: Der Apfel könnte vergiftet sein. Hahaha.

Viele Grüße

Deine Charlène

P.S. Nimm dies als Hinweis, dass die Anwendung der Chaostheorie in der Kosmologie noch weiterentwickelt werden könnte.“

Im Anhang der Mail fand Roberta ein Abbild der Mandelbrot-Menge, oft liebevoll als „Apfelmännchen" bezeichnet, weil sie in grafischer Darstellung eine fraktale Struktur aufweist, die aussieht wie ein Gebilde aus Äpfeln, eben ein Apfelmännchen. Die Mandelbrot-Menge kennzeichnet bei gewissen mechanischen Problemen die Fälle, in denen chaotisches Verhalten auftreten kann. Somit ist sie zu einem Symbol der Chaostheorie geworden.

Roberta kannte den Trick: Erfahrene Wissenschaftler geben jüngeren Kollegen Tipps, als wären sie der Weisheit letzter Schluss. Natürlich teilen sie den Nachwuchswissenschaftlern damit nichts Neues mit; die wussten das schon vorher. Trotzdem müssen jene sich dankbar zeigen. Das verlangt der Respekt.

Der Sinn des Spielchens liegt darin, dass der/die Jüngere dann den Älteren/die Ältere in den Acknowledgements, den Danksagungen, in seiner/ihrer Veröffentlichung erwähnen muss. Damit hatte man eine Verbindung zum Werk des anderen, konnte, wenn man das öfter machte, den Eindruck erwecken, überall seine Finger drin zu haben. Ein wichtiger Eindruck, wenn man als Spielmacher gelten wollte.

Es ging um Seniorität, um Macht. In diesem Zusammenhang hatte Charlène offenbar nichts dagegen, die Ältere zu sein, im Gegensatz dazu, wie sie es beim Flirten sah. So ist das eben: Mal so, mal so.

Roberta nahm die Mail nicht übel. Sie würde mitspielen und Charlène in den Danksagungen erwähnen. So etwas machte sie dauernd und es tat ihr nicht weh.

Ein Plagiat

Das bittere Erwachen kam, als Robertas Veröffentlichung zu dem Thema erschien. Sie hatte schon lange daran gearbeitet und Charlène als einer vertrauenswürdigen ehemaligen Kollegin eine vorläufige Fassung zukommen lassen. Sie hatte Charlène sogar in den Acknowledgements erwähnt:

„Bei Prof. Dr. Charlène de la Fleur möchte ich mich für wertvolle Hinweise bedanken sowie für den „Apfel", der mir sehr weitergeholfen hat."

Womit sie nicht gerechnet hatte: Charlène war überhaupt nicht vertrauenswürdig und hatte unverfroren Robertas Arbeit zu einer eigenen Veröffentlichung ausgebaut und unter eigenem Namen publiziert. Beide Artikel, der von Roberta und der von Charlène, erschienen gleichzeitig in zwei verschiedenen Zeitschriften und enthielten die gleichen Ergebnisse. Sie waren sich so ähnlich, dass es sich nicht um zwei unabhängige Arbeiten handeln konnte.

Der Konflikt war jetzt nicht mehr aufzuhalten. Eine der beiden Autorinnen hatte plagiiert!

Es war in Wirklichkeit Charlène, die geklaut hatte. Sie war dementsprechend auf die Auseinandersetzung vorbereitet und reagierte schneller als Roberta. Sie kramte einen Kommentar zu Robertas Artikel hervor, den sie schon in der Pipeline hatte, und schickte ihn an das entsprechende Journal. Darin beschuldigte sie Roberta Weißenhof des Plagiats und begründete das wie folgt:

„Dr. Weißenhofs Paper besteht aus Passagen meines eigenen Artikels zu dem Thema. Ich hatte ihr aus Kollegialität eine vorläufige Fassung meiner Arbeit zukommen lassen, die sie mit nur minimalen Änderungen kopiert und als ihre eigene Arbeit ausgegeben hat.

Darauf deuten auch ihre Acknowledgements hin, in denen sie sich für Hinweise bedankt hat, die sie von mir erhalten hatte.

Ferner hat sie sich für einen „Apfel" bedankt, der ihr sehr weitergeholfen hätte. Dabei ist der erwähnte Begriff „Apfel" ein unter uns gebräuchliches Codewort für eine vorläufige Fassung einer Arbeit, in diesem Fall meiner Arbeit, deren Erhalt sie damit also bestätigt.

Ich muss daher Dr. Weißenhofs Paper als Plagiat bezeichnen."

Roberta war völlig entgeistert und fassungslos, als sie das las. Ihr kamen die Tränen. Sie konnte es nicht glauben. Charlène hatte die Fakten ins Gegenteil verkehrt! Und das mit einer Unverfrorenheit, die Roberta sich in ihren kühnsten Träumen nicht hatte vorstellen können! Es war der Trick aller Schummler: Angriff ist die beste Verteidigung.

Nun musste Roberta auf die Vorwürfe antworten, auch wenn sie diese Unverschämtheit am liebsten keines Wortes gewürdigt hätte. Da sie noch nie eine irgendeine ernsthafte Auseinandersetzung hatte führen müssen, fehlte ihr die Erfahrung darin und sie veröffentlichte nur einen kurzen Kommentar:

„Zu Prof. Dr. de la Fleurs Vorwürfen muss ich sagen, dass es genau umgekehrt war als von ihr behauptet. Ich hatte ihr eine vorläufige Fassung meiner Arbeit überlassen, die sie offenbar kopiert hat."

Damit war Roberta schon in die Defensive geraten. Es hörte sich wie eine Verteidigung an, nicht wie ein Vorwurf.

Auf diesem Terrain hatte Roberta keine Chance gegen Charlène. Diese gehörte mindestens zehn Jahre länger zur Wissenschafts-Community als Roberta und hatte ihre Stellung sicher ausgebaut. Auch besaß sie viel mehr Erfahrung in der Präsentation ihres Standpunktes. Wenn, wie es aussah, Aussage gegen Aussage stand, würde man Charlène glauben.

So geschah es dann auch und damit galt Robertas Arbeit als Plagiat, was in der Welt der Wissenschaft einem Todesurteil gleichkam. Ihre Karriere konnte sie als beendet betrachten. Fairerweise legte sie ihre Professur in F. nieder. Sie konnte nicht zulassen, dass sie von der Stiftung weiterhin bezahlt würde, wenn ihre Arbeit international nicht mehr anerkannt wurde.

Ihre Mitarbeiter, die „sieben Zwerge", hielten dennoch zu ihr und boten ihr an zu bleiben, was sie dankend ablehnte.

Inkompatible Theorien

Robertas Doktorvater Walter konnte ihr auch nicht helfen. Er stand plötzlich zwischen den Fronten. Sein Beschützerinstinkt für seine Lieblingsschülerin Roberta kollidierte mit seiner ehelichen Solidarität mit Charlène.

Den Tränen nahe, erklärte er Roberta:

„Natürlich glaube ich dir. Du würdest so etwas nie machen. Aber ich kann doch auch Charlène nicht verdächtigen. Sie ist meine Frau. Ich habe ihr ewige Treue geschworen. Was soll ich denn tun?"

Eines konnte er immerhin tun: Er konnte mit Charlène sprechen und versuchen, eine friedliche Einigung herbeizuführen.

Er ließ sich von Charlène deren Version schildern und fragte ab und zu nach. Sie klang schlüssig, das ließ sich nicht leugnen.

Dann benutzte er den alten Trick der Mediatoren, sich von Charlène Robertas Version referieren zu lassen. Hier haperte es schon. Charlène weigerte sich strikt, diese Version, die sie als absolut absurd bezeichnete, zu wiederholen.

Walter versuchte es anders. Er holte ein wenig aus:

„Vor einiger Zeit hat ein gewisser Prof. Primas gezeigt, dass die Untertheorien einer nicht-Booleschen Theorie miteinander inkompatibel sein können und eine nicht vollständig geordnete Menge bilden können?

Nehmen wir nun eure Versionen des in Rede stehenden Vorgangs, so haben wir hier zwei Theorien:

Theorie A:

Du hast die Arbeit geschrieben und Roberta eine vorläufige Fassung deiner Arbeit zukommen lassen, die sie plagiiert hat.

Theorie B:

Roberta hat die Arbeit geschrieben und dir eine vorläufige Fassung ihrer Arbeit zukommen lassen, die du plagiiert hast.

…"

„Wie kannst du es wagen, so etwas auszusprechen", unterbrach ihn Charlène wütend. „Das ist indiskutabel!"

„Aber Charlène, Liebling, das ist doch nur eine theoretische Hypothese. Lass mich bitte fortfahren!"

„Na gut", gab Charlène zähneknirschend nach.

„Also: Nach Primas kann es eine reduzierende übergeordnete nicht-Boolesche Theorie geben, die unsere beiden Theorien als Untertheorien enthält. Damit könnten beide gültig sein."

„Da möchte ich doch mal sehen, wie du diese übergeordnete Theorie finden willst!"

„Natürlich wäre es am leichtesten, wenn die Quantenmechanik eine Rolle spielen würde, da wir eine nicht-Boolesche Theorie konstruieren möchten. Könnte man sich nicht eine Art Doppelspalt-Experiment vorstellen, in dem mal du, mal Roberta die Arbeit geschrieben haben? Ein einzelnes Ereignis kann nicht einer von euch beiden zugeschrieben werden. Es bleibt ungeklärt. Dennoch ergibt sich insgesamt bei vielen Ereignissen ein Interferenzmuster, das symmetrisch bezüglich der beiden Autorinnen ist. Beide haben recht."

„So ein Schwachsinn!", kommentierte Charlène seine Ausführungen. „Glaubst du, ich würde zulassen, dass es mehrere Situationen dieser Art geben wird. Das werde ich zu verhindern wissen."

„Das war doch nur als Gleichnis gedacht. Vielleicht kannst du deine Haltung in diesem Licht noch einmal überdenken."

„Vergiss es!"

Charlène erhob sich, um die Diskussion mit der Feststellung abzuschließen:

„Das Miststück hat meine Arbeit geklaut und ich werde sie fertigmachen."

Auf diese Weise konnte Walter also nichts tun. Auch auf andere Weise nicht. Erschwerend kam nämlich hinzu, dass er inzwischen emeritiert war. Sein Einfluss in der Wissenschaft war geschwunden und er hätte, selbst wenn er sich dafür entschieden hätte, kaum etwas für Roberta tun können.

Charlène war zu mächtig.

So wie Walter dachten viele, die eigentlich zu Roberta hätten halten müssen. Charlènes gewaltige Gefolgschaft andererseits stand felsenfest hinter ihrer Anführerin. Das Urteil der Wissenschafts-Community fiel zuungunsten von Roberta aus.

Für die Wissenschaft war Roberta nun tot.

Jetzt konnte nur noch der Märchenprinz sie retten.

Der Märchenprinz

Er hieß Leonhard und war auch Physiker. Viel hatte er von Roberta schon gehört, sie aber noch nie getroffen. Sein Arbeitsgebiet war ein anderes: die Entwicklung von Quantencomputern. Das Dilemma der umstrittenen Autorenschaft der beiden Wissenschaftlerinnen faszinierte ihn, als er davon erfuhr, und er wollte es lösen. Dazu simulierte er die möglichen Entwicklungen von Theorien aus den vorangegangenen Werken der beiden Autorinnen. Er fand, dass die neue Theorie mit einer Wahrscheinlichkeit von 80% aus Robertas Vorarbeit entstanden war und nur mit 20%iger Wahrscheinlichkeit aus Charlènes Vorarbeit.

Nach diesem Treffer grub er tiefer. Er stieß dabei auf Charlènes Debütpublikation. Nachforschungen über ihre damaligen Kontakte und der Zufall halfen ihm und er fand, dass diese Publikation sich nahtlos in die Arbeiten von Professor Q. einreihte. Selbst stilistisch war das Paper eindeutig von ihm. Charlène hatte sich damals nicht einmal die Mühe gemacht, die Spuren zu verwischen, indem sie die Sprache überarbeitet hätte. Natürlich war die Arbeit in Englisch geschrieben – von einem Muttersprachler! Charlène hätte es nur schlechter machen können, aber dann wäre ihr Betrug nicht so leicht zu durchschauen gewesen. Dass Charlène ihren Namen einfach über ein fremdes Paper gesetzt hatte, ließ sich auf diese Weise feststellen. Aus welchem Grund Professor Q. dabei mitgemacht haben sollte, blieb allerdings ein Rätsel. Es ließ sich nicht ermitteln und würde im Dunkeln bleiben.

Für Leonhard lag der Fall klar: Charlène war eine Betrügerin. Andererseits konnte er sich denken, dass Charlène alles leugnen würde. Sie mit seinem Wissen unter Druck zu setzen, um sie zum Eingeständnis des Plagiats zu zwingen, hätte den Tatbestand der Erpressung erfüllt. Dem wollte Leonhard sich nicht aussetzen. Ihm schien es besser zu sein, seine Erkenntnisse öffentlich zu machen. In dem Fall brauchte er allerdings einen Beweis.

Es gab nur einen Weg, Charlène den Betrug wasserdicht nachzuweisen: Man müsste ihren Computer nach Spuren durchsuchen. Nicht so einfach. Damit würde man sich ebenfalls in den kriminellen Bereich begeben. Einzige Lösung: Man müsste jemanden finden, der Charlènes Vertrauen genoss und legalen Zugang zu ihrem Computer hatte.

Leonhard suchte und fand jenen Rufus, der inzwischen zur rechten Hand von Charlène avanciert war. Rufus hatte eine Schwäche: Er war bestechlich. Leonhard bot ihm genug, um ihn auf seine Seite zu ziehen, so dass Rufus das benötigte Beweismaterial von Charlènes Computer sicherstellte.

Mit diesem Material, das er angab, anonym erhalten zu haben, konnte nun Leonhard seine Untersuchung über die Urheberschaft der umstrittenen Arbeit untermauern und veröffentlichen. So eine Publikation hatte es noch nie gegeben. Die Methode war absolut neu und die Thematik eignete sich eigentlich nicht für die reine Wissenschaft. Andererseits existierte die untersuchte Auseinandersetzung in der Literatur und verlangte nach einer Auflösung.

Der Artikel erschien und Charlène konnte nicht dagegen vorgehen. Hätte sie den Autor verklagt, wäre der Fall vor Gericht gelangt und alles wäre aufgerollt worden. Professor Q. hätte sich vor einer Aussage nicht drücken können und der Deal um Charlènes Debütpaper wäre endgültig aufgeflogen. Professor Q.s Aussage hätte Leonhards Vorwürfe bestätigt. Der Wirbel wäre um ein Vielfaches größer gewesen, als er es ohnehin schon war. Charlène musste klein beigeben.

Whistleblower leben gefährlich. Wenn da noch mehr zu enthüllen gewesen wäre, hätte Charlène womöglich zu endgültigen Mitteln gegriffen, um Leonhard zum Schweigen zu bringen. Aber offenbar war das Veröffentlichte bereits alles, was es zu enthüllen gab. Der Schaden ließ sich nicht mehr reparieren, aber Rache musste sie trotzdem nehmen. Da konnte sie nicht aus ihrer Haut. Sie knüpfte ein paar Kontakte und ließ einen Schlägertrupp zu Leonhard schicken. Er bekam das, was Charlène eine „Lektion" nannte, aber blieb am Leben. Er erstattete Anzeige, die aber ohne Folgen blieb, da sich weder Täter noch Auftraggeber ermitteln ließen.

Das war noch nicht alles. Durch seinen Artikel hatte Leonhard alle getroffen, die sich auf Charlènes Seite geschlagen hatten, und das war die überwältigende Mehrheit der auf diesem Gebiet arbeitenden Wissenschaftler, man könnte fast sagen, das ganze Establishment der Quantengravitation. Manche hatten sich dabei zu weit aus dem Fenster gelehnt. Diese alle hatte der gute Leonhard jetzt gegen sich aufgebracht. Gewalt hatte er von diesen Wissenschaftlern nicht zu befürchten, aber er erhielt etliche böse bis beleidigende E-Mails von E-Mail-Accounts, die sich nicht zurückverfolgen ließen. Außerdem wurde auf seine Bürotür ein Stinkefinger gesprüht. Andererseits: Das war's dann schon.

Der edle Ritter ließ sich von so etwas nicht beeindrucken und erwähnte derartiges auch Roberta gegenüber mit keinem Wort.

Die Bombe war nun also geplatzt.

So kam es wie im Märchen: Roberta wurde rehabilitiert und Charlène geächtet. Leonhard, ihr Retter, bekam den Spitznamen „Der Märchenprinz". Es fehlte nur noch, dass Roberta und Leonhard sich auch persönlich trafen. Das ließ sich machen. Leonhard reiste nach F. und blieb eine Weile zu Gast bei Schneewittchen und den sieben Zwergen.

Tatsächlich sah Leonhard aus wie der Märchenprinz in Disneys Zeichentrickfilm. Ein klassisches ausgewogenes Gesicht, freundlich lächelnd, fast weich! Er gefiel Roberta auf Anhieb.

Schräge Situation! Was für ein Druck auf Roberta lastete. Man erwartete, dass sie ihren Märchenprinzen jetzt auch zu ihrem Mann erwählen würde!

„So schon gar nicht!", dachte diese bei sich und teilte das auch Leonhard mit. Der stimmte ihr zu:

„Natürlich erwarte ich nichts Derartiges von dir. Diese ganze Schneewittchen-Sache ist doch bloß Spaß. Von einem Märchen werden wir uns unser Leben nicht diktieren lassen!"

Gemeinsam lachten sie über das Ganze.

Ihre Umgebung machte ihnen indes klar, was man von ihnen erwartete. Beim anstehenden Institutsbankett setzte man sie nebeneinander und die sieben Zwerge drumherum. Ein schönes Bild. Alle beobachteten sie erwartungsvoll. Allerdings geschah nichts Nennenswertes. Sie redeten nicht einmal viel miteinander – ungefähr zehn Dirac. Falls jemand es nicht wissen sollte: Ein Dirac ist die nach dem großen schweigsamen Physiker Paul Dirac von seinen Freunden scherzhaft ins Leben gerufene Einheit der Gesprächigkeit. Der Wert der Einheit beträgt per definitionem ein Wort pro Stunde.

Aber das Schweigen störte nicht. Sie verstanden sich auch ohne Worte und mehr wollten beide im Augenblick nicht.

Im Großen und Ganzen waren sie sich gegenseitig durchaus sympathisch und Roberta empfand Dankbarkeit Leonhard gegenüber. Gegen einen Ausbau ihrer Kontakte hatte sie nichts einzuwenden. So besuchten sie sich in Zukunft öfter gegenseitig.

Ob das allerdings zu einer Hochzeit führen würde, war fraglich.

Verborgene Variablen

Schön, dass jetzt der objektive Druck von Roberta genommen worden war. Sie war vom Vorwurf des Plagiats reingewaschen worden. Psychisch blieb allerdings etwas zurück. Ihr unschuldiges Menschenbild hatte Risse bekommen. Wie hatte Charlène ihr die wohlwollende Kollegin vorspielen und sie gleichzeitig so hintergehen können? Musste sie jetzt hinter jedem freundlichen Gesicht verborgene böse Gedanken vermuten?

Die Arme steigerte sich in einen Verfolgungswahn hinein. Sie glaubte, niemandem mehr trauen zu können. Auf einmal fühlte sie sich rund um die Uhr beobachtet, glaubte, dass andere ihre Arbeit ausspionieren wollten. In ihrem Wahn durchsuchte sie ihre Wohnung nach verborgenen Webcams und Wanzen, riss sogar die Tapeten von den Wänden, um danach zu suchen. Eine handfeste Paranoia. Von ihren wissenschaftlichen Ergebnissen gab sie nichts mehr preis, bevor es veröffentlicht war.

Nur Leonhard und den sieben Zwergen traute sie noch, alle anderen schienen ihr verdächtig. Dieses Verhalten stand einer fruchtbaren Zusammenarbeit mit der Wissenschafts-Community im Weg. So konnte es nicht weitergehen.

Hier half wieder einmal die Physik. Die Physik sagt zu lokalen verborgenen Variablen, dass sie die Realität nicht korrekt beschreiben. Nach dem Bellschen Theorem ist die Annahme lokaler verborgener Variablen nicht mit der Quantenmechanik vereinbar.

Das lässt sich auf die Psychologie übertragen. Dem Indeterminismus der Quantenmechanik entspricht beim Menschen die Irrationalität der menschlichen Psyche. Das bedeutet: Da nicht verborgene Parameter das Geschehen bestimmen, sondern der Indeterminismus der Quantenmechanik, stellen beim Menschen nicht verborgene, hinterhältige Gedanken die Gefahr dar, sondern die Unvorhersehbarkeit der Reaktionen der menschlichen Psyche. Es hatte also keinen Sinn, überall Gespenster zu sehen und sich gegen sie zu wappnen, wenn die Gefahr unvermittelt von irgendeiner anderen Seite kommen konnte. Eine gesunde Vorsicht konnte nicht schaden, aber zu Paranoia bestand kein Anlass.

Diese Einsicht und die Behandlung durch einen Psychiater halfen Roberta, wieder auf den Boden zu kommen. Auch Leonhard hatte ihr gut zugeredet und damit Erfolg gehabt. Ihm hatte sie immer vertraut und sich bei ihm geborgen gefühlt. Jetzt, da sich ihre Psyche wieder im Gleichgewicht befand, kamen die beiden sich noch näher.

Vertrauen

Roberta nahm ein Sabbatical, ein Frei-
semester in Anspruch. Das Recht dazu hatte sie und es schien dringend nötig zu sein.
Diese Zeit diente nicht der Vergnügung,
sondern der Steigerung der Kreativität,
dem Überdenken der Arbeitsrichtung und
nicht zuletzt auch der konzentrierten Forschung. Durch die Ereignisse der letzten
Zeit war Roberta aus dem Gleichgewicht
geraten und hatte das Gefühl, sich wieder
neu erden zu müssen.

Worauf konnte sie sich noch verlassen,
was gab ihr Kraft, wohin ging ihr Weg? Es
war nicht nur eine Frage ihrer wissenschaftlichen Arbeit, sondern betraf ihr ganzes Leben. Über Leben und Tod hatte sie
sich selten Gedanken gemacht, jedoch in
letzter Zeit häufiger, da ihre gesamte Existenz in Frage stand. In so einer Situation
fragt man sich: Wozu das alles? Hat es einen Sinn? Was bleibt, wenn ich nicht mehr

bin? Hätte sich der Plagiatsvorwurf gegen sie durchgesetzt, wäre ihre gesamte wissenschaftliche Arbeit entwertet worden. Und die Wissenschaft war ihr Leben. Wenn dieses Leben beendet sein würde, was würde dann aus ihr? Würde sie im Nichts verschwinden? Manchmal befürchtete sie es. Andererseits hatte sie ein Gespür dafür, dass es so etwas wie ein Jenseits geben könnte, ohne dass sie viel darüber wusste.

Die existierenden Religionen gaben ihr da nicht die gewünschte Antwort. In den Religionen, mit denen sie vertraut war, bestanden unerklärbare Dogmen, es wurden Lehren aus Quellen konstruiert, die teilweise Widersprüche enthielten und vor allem nicht ihre eigene Denkweise reflektierten.

Roberta fand, dass es mit diesen theologischen Gebäuden war wie mit der Angst vor dem Tod. Beide waren überflüssig. Die Gedanken über den Tod konnten den Tod nicht verhindern. Konnten sie ihn wenigstens angenehmer machen? Roberta fühlte, dass das Leben selbst sie auf den Tod vorbereitete, besser als jede Theorie. Sie lernte jeden Tag die Unerbittlichkeit des Schicksals kennen, erfuhr die Endlichkeit des Lebens. Sie wurde langsam auf ihr Ende hingeführt, gewöhnte sich an den Gedanken und würde sich nicht sträuben, wenn das Ende schließlich anstand. Was das Darüber-Hinausgehende betraf, so konnte sie prinzipiell nichts über dieses Thema wissen. Theorien brachten da nichts. Nützlich hingegen war das Vertrauen, dass alles gut werden würde. Dieses Vertrauen besaß sie. Man könnte es Gottvertrauen nennen, ohne Gott genauer zu spezifizieren. Das Gute eben. Das Gottvertrauen nahm ihr die Angst und beruhigte sie.

Sie würde nicht versuchen zu verstehen, was sie nicht verstehen konnte.

Zu einem Gott zu beten, hatte für sie einen wohltuenden Effekt, aber es sollte ein Gott sein, den sie verehren konnte. Einen Gott der Liebe konnte sie sich gut vorstellen. Das wäre der christliche Gott zwar, aber sie wollte die Bibel nicht wörtlich nehmen. Dort standen Dinge wie die Geschichte von Esau, die besagte, dass Gott Esau schon vor seiner Geburt ohne irgendeinen Grund gehasst haben soll. Dieser Hass soll so unerbittlich gewesen sein, dass Gott zum Genozid an allen Nachkommen Esaus, dem Volksstamm der Edomiter, aufgerufen haben soll: Man sollte sie alle töten, wo immer man sie fand – Männer, Frauen, Kinder, sogar das Vieh. Ein hasserfüllter Gott? Das passte so gar nicht mit ihren Vorstellungen eines Gottes der Liebe zusammen!

Roberta hatte ihre eigene Vorstellung von Gott, ohne sich irgendwelche Details auszudenken. Gott – das war im Grunde ein Gefühl, das sie tief aus sich herausholte. Zu diesem undefinierbaren Gott hatte sie Vertrauen.

Sie brauchte Ruhe und Sicherheit. Daher versuchte sie, sich dieses Vertrauen anzutrainieren. Langsam gewann sie ihre alte Selbstsicherheit wieder.

Ihre Arbeit machte größere Fortschritte als je zuvor. Sie forschte über das Innere von Schwarzen Löchern und kam auf bahnbrechende neue Ideen. Obwohl die

Ideen das Entscheidende waren, genoss sie die sich anschließende Phase noch mehr: die Ideen auszuarbeiten, kleinere Denkfehler auszumerzen, den Formalismus durchzuführen, Rechenfehler aufzuspüren und zu korrigieren. Es hieß, die Ideen Wirklichkeit werden zu lassen. Diese Beschäftigung mit ihren eigenen Ergebnissen und deren Verbesserung im Detail gab ihr eine ungeheure Genugtuung.

Fehler zu suchen und zu finden, macht Spaß. Das hört sich paradox an, ist aber wahr. Jeder Fehler, den man findet und korrigiert, verbessert das Werk. So entwickelt es sich immer weiter, bis es perfekt ist. Man verliebt sich immer mehr in dieses sein Werk. Und für einen Fehler, den man gemacht und dann korrigiert hat, braucht man sich nicht zu schämen. Wer außer Mozart hat schon mit der ersten Niederschrift Perfektes geschaffen?

Diese Phase genoss Roberta. Eine wunderbare Zeit!

Inzwischen hatte sie ihre Beziehungen zu ihren Mitarbeitern und Kollegen sowie zu Leonhard weiter vertieft. Sie sah sich nun wieder von Freunden umgeben und fühlte sich wohl.

Andere Bekanntschaften kamen hinzu – nicht immer erwünschte. Ihre Forschungen hatten neue Erkenntnisse über den Prozess der Entstehung Schwarzer Löcher zutage gefördert, die in gewissen Kreisen Begehrlichkeiten weckten. Man hatte die Vermutung, dass man mikroskopische Schwarze Löcher in Teilchenbeschleunigern erzeugen könnte. Das Militär interessierte sich dafür, nicht nur das deutsche.

Diese Leute hofften wohl, kleine Schwarze Löcher als Bomben einsetzen zu können. In die Fänge dieser Organisationen zu geraten, wollte Roberta um jeden Preis vermeiden. Nein, mit Waffen und Krieg wollte sie nichts zu tun haben.

Sie verzichtete jedoch darauf, ihre pazifistische Einstellung zur Sprache zu bringen, und brachte sachliche Einwände vor. So machte sie den Leuten klar, dass diese winzigen Schwarzen Löcher, die sie haben wollten, für ihre Zwecke nicht brauchbar wären. Selbst wenn sie entstehen sollten, hätten sie aufgrund der Hawking-Strahlung nur eine minimale Lebensdauer. Eine Verwendung als Waffe käme damit nicht in Frage. Das Interesse der Militärs an einer Zusammenarbeit erlosch genauso schnell, wie es erwacht war.

Verschränkte Zustände

Manche Phänomene erscheinen lange übernatürlich zu sein, bis sie eines Tages eine wissenschaftliche Erklärung finden. So könnte es auch mit der Telepathie sein. Man hatte gefunden, dass Flavin-Moleküle, wie sie im Auge vorkommen, einen Detektor für schwächste Magnetfelder darstellen können. Ein Flavin-Molekül überträgt ein Elektron an ein anderes, so dass nun diese beiden Moleküle je ein ungepaartes Elektron besitzen, deren Spins durch die Gesamtdrehimpulserhaltung miteinander quantenkorreliert sind: Die Zustände der zwei Elektronen sind miteinander verschränkt. Das Elektronenpaar kann Licht absorbieren und dadurch in einen anderen Spinzustand mit höherer Energie gehoben werden. Entsprechend wird durch Autofluoreszenz wieder Licht emittiert. Selbst schwächste Magnetfelder ändern die Energieniveaus der Spinzustände und damit die Übergangswahrscheinlichkeiten, wodurch sich wiederum die Lichtemission ändert. Es handelt sich um einen Quantensensor. Vögel können auf diese Weise das Erdmagnetfeld wahrnehmen.

Da nun ein menschliches Gehirn durch seine elektrischen Impulse Magnetfelder erzeugt, wäre es möglich, dass das Auge eines anderen Menschen diese Felder erspüren kann und das entsprechende Gehirn diese Signale unbewusst wahrnimmt. Im amerikanischen MK-Ultra-Projekt waren illegale Experimente dazu durchgeführt worden, die allerdings ohne greifbare Resultate geendet hatten.

Roberta wusste, dass derartige Theorien hochspekulativ waren, ja, geradezu als hanebüchen gelten werden konnten. Trotzdem bildete sie sich ein, in Leonhards Nähe Signale der Zuneigung zu empfangen, die über die der reinen Körpersprache hinausgingen. Sie drangen viel tiefer in ihre Psyche ein. Die Alternative wäre gewesen, an eine schicksalshafte Verknüpfung ihrer beider Leben zu glauben. Man hätte auch psychische Gründe dafür verantwortlich machen können. Sie projizierte wohl ihre eigenen Gefühle auf ihr Gegenüber. Das wäre die einfachere Erklärung und nach Ockham's Razor die zu bevorzugende.

Was auch immer es war, sie empfand es als real und schenkte dem Phänomen Aufmerksamkeit.

Kurz, es hatte gefunkt.

In einer Analogie zu verschränkten Zuständen könnte man sagen: Teilchen, die einmal so miteinander in Wechselwirkung gestanden haben, sind für alle Zeiten quantenkorreliert und nicht mehr separabel.

Die Wechselwirkung, die Roberta und Leonhard miteinander erleben durften, hatte sie für ihr Leben miteinander verbunden.

Sie mochten sich schon sehr, die beiden. Andererseits wollten sie auch nicht das tun, was alle Welt von ihnen erwartete. Aber eine gute Freundschaft fiel noch nicht unter dieses Verdikt und so pflegten sie den Umgang miteinander.

Für ihren Geschmack viel zu selten sahen sie sich bei gegenseitigen Besuchen. In der Zwischenzeit skypten sie öfter mal, aber das genügte auf die Dauer nicht. Es fehlte eben die regelmäßige physische Begegnung.

Ein Fortschritt in ihrer Beziehung deutete sich an, als Leonhard einen Ruf nach F. erhielt. Hatten da die sieben Zwerge ihre Finger im Spiel? Auch sie hatten sich inzwischen profiliert, Beziehungen aufgebaut, waren eigentlich keine Wissenschafts-Zwerge mehr, sondern anerkannte Wissenschaftler. Wahrscheinlich wollten sie ihrem Schneewittchen zu einem vollständigen Happy End verhelfen.

Leonhard nahm den Ruf an und wollte sich eine Wohnung in F. suchen. Dazu musste er für eine gewisse Weile dort anwesend sein. Da er Roberta inzwischen gut kannte und diese eine große Wohnung hatte, bot es sich an, dass er für diese Zeit einfach bei ihr unterkam.

Die Wohnungssuche zog sich hin und in der Zwischenzeit teilten sie auch ihre Freizeitaktivitäten. Nun konnten sie sich noch näherkommen und es gefiel ihnen. Abends mixten sie sich Fruchtcocktails, wobei sie beide eine Vorliebe für Grenadinesirup teilten.

Dann musizierten sie ein wenig. Roberta spielte Klavier und Leonhard die Geige. Zunächst begannen sie mit Klassikern und versuchten sich anschließend an Jazz, wobei sie sich auch an Improvisation versuchten. Es klappte ganz gut.

Zum Schluss saßen sie beieinander und hörten Musik, bis sie sogar dazu übergingen, miteinander zu tanzen, mal schnell, mal langsam. Bei einem dieser langsamen Tänze kam es dann zu einem ersten Kuss, dem weitere folgten.

Happy End

Mit der wachsenden Vertrautheit enthüllte Leonhard Roberta nun ein Geheimnis, das er glaubte, spätestens zu diesem Zeitpunkt preisgeben zu müssen. Er wusste nicht, wie sich ihre Beziehung entwickeln würde und wollte, dass sie beide vorbereitet wären.

Ohne Robertas ähnliches Schicksal zu kennen, eröffnete er ihr, dass er transgender war: Als Mädchen mit dem Namen Leonie geboren, hatte er in seiner Jugend zu seiner wahren Identität als Mann gefunden. Diese Identität lebte er jetzt schon so viele Jahre aus und fühlte sich wohl damit. Operieren hatte er sich nicht lassen. Es ging auch so. Er hatte einen Weg gefunden, der ihm zusagte. Dies war eben seine Identität, für die er sich entschieden hatte.

Nun öffnete auch Roberta ihre Schleusen. Es brach nur so aus ihr heraus. Unter Tränen enthüllte sie Leonhard ihre vergleichbare Vergangenheit. Eine Ironie des Schicksals: Eine Transfrau und ein Transmann hatten sich ineinander verliebt, ohne die sexuelle Vergangenheit des jeweils anderen vorher zu kennen. Statistisch gesehen dürfte das in der Queer-Community schon mal geschehen, im Berufsleben jedoch fast unmöglich sein. Aber in Liebesdingen gilt keine Statistik.

Nach diesen Geständnissen fühlten sie sich einander noch näher.

Leonhard musste es schließlich aussprechen:

„Eigentlich ist es doch ganz egal, was wir sind. Es muss doch nicht alles in die Kategorien ‚männlich‘ und ‚weiblich‘ gezwängt werden. Wir sind einfach zwei Menschen, die sich lieben – wenn ich das sagen darf.“

„Ja, das darfst du sagen und ich sage es auch.“

Damit war das zumindest klar.

Andererseits erhob sich die Frage: Konnte eine körperliche Liebe zwischen ihnen überhaupt funktionieren? Roberta hatte mit ihrer Transition nicht aufgehört, sich für Frauen zu interessieren, nur eben nicht ausschließlich und nicht als Mann, sondern eher lesbisch. Ähnlich war es Leonhard ergangen. Sie fühlten sich also von der jeweils anderen gültigen sexuellen Identität ebenso angezogen wie von den physischen Gegebenheiten, wussten dabei aber auch, wie ihr jeweiliges Gegenüber seine/ihre Rolle empfand. Wenn das ein unüberwindliches Hindernis dargestellt hätte, wären sie nicht weiter gegangen. Ihre Ehrlichkeit hätte ihre Beziehung beendet, bevor sie richtig begonnen hatte. So aber gingen sie das Risiko einer ganz besonderen Partnerschaft ein.

Sie sprachen darüber und berührten sich vorsichtig. Ihre sexuellen Präferenzen waren nicht in Stein gemeißelt. Durch ihre Lebensgeschichte hatten sie gelernt, sich immer weiter zu entwickeln. Sie würden sich nicht einschränken lassen. Es ging doch letztlich um den Menschen, nicht um sein Geschlecht. Sie tauschten Zärtlichkeiten aus, die zunächst nichts mit Sex zu tun hatten. Mit der Zeit gingen sie dazu über, gegenseitig ihre Körper zu erkunden und schließlich wurden sie intim.

Jetzt, da sie sich vereinigten, hörten alle Klassifizierungen auf. Sie war er und er war sie. Sie wurden zu einer Einheit – zwei in Einem. Etwas Neues war entstanden. Sie erinnerten sich an das Advaita-Vedanta, der Lehre des Shankara, in der Advaita, die Nichtdualität, die Einheit von Atman und Brahman angestrebt wurde. Wenn alles eins wurde, warum nicht auch die Geschlechter? Männlich und weiblich zu sein, spielte keine Rolle mehr. Sie waren beides in einem.

In dieses Bewusstsein tauchten sie ein und ließen die Welt mit all ihren Widersprüchen hinter sich.

Die märchenhafte Vorgeschichte störte sie schon lange nicht mehr. Sie hätten, was sie tun wollten, gegen den Widerstand der ganzen Welt getan – warum sollten sie es nicht mit der Zustimmung der ganzen Welt tun? Sie hatten inzwischen weitaus größere Hindernisse überwunden. Jetzt zählte nur die Gegenwart und ihre Liebe! Sie blieben als Paar zusammen und heirateten.

Zur Zeremonie wurde Roberta von den sieben Zwergen geführt, Freitag fungierte als ihr Trauzeuge.

Nach der Zeremonie flüsterte Roberta ihrem frischgebackenen Ehemann lächelnd zu:

„Nun ist es amtlich: Wir sind einfach zwei Menschen, die sich lieben."

„Ja, und das macht mich glücklich."

Im Märchen wäre damit das Ende erreicht. Werfen wir jedoch noch einen Blick in jenen Spiegel, der uns die Zukunft enthüllt.

Wie würde es weitergehen? Tatsächlich passten sie so gut zueinander, dass ihre Ehe glücklich werden würde. Sie würden sogar ein Kind bekommen. Wie das zustande kommen würde, bliebe ihr Geheimnis. Ein wenig ungewöhnlich würde die Anmeldung Leonhards als schwangerem

Mann auf der Entbindungsstation schon sein, aber dann würde alles seinen Gang gehen.

Roberta würde eine berühmte Wissenschaftlerin werden und für den Nobelpreis vorgeschlagen werden.

Die „Zwerge", die keine mehr wären, würden weiter zusammenhalten. Sie, Roberta und Leonhard, würden sich gegenseitig unterstützen, wo sie nur könnten. Sie würden auf diese Weise alle im Wissenschaftsbetrieb bleiben.

Freitag würde es wieder in die Ferne ziehen. Er würde sich um eine Teilnahme an einer Mars-Mission bewerben. Ob er damit Erfolg haben würde, zeigt uns die Kristallkugel nicht.

Und Charlène? Leute wie sie fallen immer auf die Füße. In der Wissenschaft war sie so gut wie tot, aber es gibt auch ein Leben außerhalb der Wissenschaft. Mit ihrer Schönheit und ihrer Begabung würde

Charlène sicher bald wieder ganz oben stehen.

Aber das interessiert schon keinen
mehr. Sehen wir lieber noch weiter in die
Zukunft des glücklichen Paares Leonhard
und Roberta. Sie würden miteinander alt
werden, bis Leonhard in hohem Alter ster-
ben würde. Roberta würde danach das
Märchen ihres Lebens aufschreiben und
veröffentlichen. Sie würde inzwischen so
bekannt geworden sein, dass die Welt ein
Recht darauf haben würde, alles zu erfahren. In dem Bewusstsein, ihre Pflicht für
dieses Leben getan zu haben, würde sie
eines Tages friedlich einschlafen.

So würde sich alles harmonisch fügen
und so hätte auch Roberta selbst sich das
Ende gewünscht.